國家語委普通話水平測試
三十話題例文與指導

U0108488

國家語委普通話水平測試
三十話題例文與指導

江　紅　王振儒　編著

三聯書店（香港）有限公司

| 責任編輯 | 蔡嘉蘋 |
| 裝幀設計 | 鍾文君 |

書　　名	**國家語委普通話水平測試**
	三十話題例文與指導
編　　著	江　紅　王振儒
出　　版	三聯書店（香港）有限公司
	香港鰂魚涌英皇道 1065 號 1304 室
	JOINT PUBLISHING (H.K.) CO., LTD.
	Rm. 1304, 1065 King's Road, Quarry Bay, Hong Kong
發　　行	香港聯合書刊物流有限公司
	香港新界大埔汀麗路 36 號 3 字樓
	SUP PUBLISHING LOGISTICS (HK) LTD.
	3/F, 36 Ting Lai Road, Tai Po, N.T., Hong Kong
印　　刷	深圳市森廣源（印刷）有限公司
	深圳市寶安區 71 區留仙一路 40 號
版　　次	2005 年 9 月香港第一版第一次印刷
	2010 年 3 月香港第一版第四次印刷
規　　格	大 32 開（143 × 210mm）152 面
國際書號	ISBN 978 - 962 - 04 - 2510 - 3

目　錄

序 言

李學銘

　　普通話學習，語音、詞彙、語法是很重要的環節，那不用多說，不過如果只是語音標準，詞彙、語法合乎規範，與人溝通卻有困難，那就算不上是成功的普通話學習。

　　"國家語委普通話水平測試"的內容，雖以測試語音為主，但設有"說話"部分，並為"說話"訂出了三十個話題，這真是明智的決定。因為測試的對象，如果主要是那些要成為電台、電視台的播音員、新聞報道員、節目主持人、記者等應試者，他們的普通話，其實已有很高水平，因此詞彙、語法一般不會有問題，與人溝通更不是問題，但語音、語調是不是已達到三級六等中的頂尖水平，就要通過嚴格的測試來證明。不過到了社會對普通話應用有了普遍需要，一些地區甚至規定要持證上崗，有興趣參加"國家語委普通話水平測試"的人，就會愈來愈多。這些應試者，不一定全部都有高水平的普通話，而部分應試者，也不一定需要很高的普通話水平等級。普通話水平不高的應試者，在刻苦操練下，可能使自己的語音測試，達到進入水平等級的要求，但"說話"就可能出現問題，更說不上與人溝通。通過"說話"的話題，"國家語委普通話水平測試"所量度的，就會包括語音、詞彙、語法以外的普通話溝通能力。

　　本書是"國家語委普通話水平測試"三十個話題範圍的例文與指導，由江紅女士和王振儒先生合作編寫，內容主要是配合三十個話題範圍寫出"例文"，把"例文"分為"記敘"、"夾敘夾議"、"議論"三類。每類"例文"，都從"文體"角度闡釋的"總述";每篇"例文"都附有"詞語註釋";最後對每篇"例文"所涉及的話題,提供"説甚麼"和"怎麼説"的具體分析。"例文"約六百字左右一篇,內容結合生活、工作、學習,有拼音、有錄音,可説是非常有效、非常實用的學習材料。所謂"有效",指的是應付測試和學習普通話的效能;所謂"實用",指的是篇章富生活氣息,能切合我們日常生活語文應用的需要。

據我所知,王振儒先生長期在香港理工大學中國語文教學中心任教普通話,直至近期榮休。任教期內,王先生積極參與由國家語委所認可的"香港理工大學畢業生離校普通話水平考試"的擬題和評卷工作,而這個"普通話水平考試"的等級要求,經過學術的研究和評審,證明與"國家語委普通話水平測試"所制訂的等級標準十分接近。可以説,王先生對"國家語委普通話水平測試"的要求,無疑有很深切的認識和體會。江紅女士對普通話的教學有很豐富的經驗和心得,而且又很熱愛文學藝術,長於寫作,由她來撰寫三十篇談話形式的"例文",又由王先生作指導性質的評述,可説是相得益彰。我認為,本書對"國家語委普通話水平測試"的應試者以至有意提升普通話水平的讀者,都可提供有效而切實的幫助。謹竭誠為之推介。

前　言

江　紅

　　普通話是全中國各族人民共同通用的語言，是規範的現代漢語。

　　1956年2月，國務院向全國發出《關於推廣普通話的指示》以來，全國人民掀起了一個又一個推廣、學習普通話的熱潮。1994年，國家語委、國家教委、廣播電影電視部下發了《關於開展普通話水平測試工作的決定》，促使普通話更好地成為教學語言、工作語言、宣傳和通用語言。

　　香港地區在九七年前後積極推廣普通話，很多香港人都在努力學習普通話；有的大、中、小學開始用普通話教授中文；不少香港人還積極報名參加普通話水平的測試。

　　國家語委普通話水平測試，其內容以測語音為主，當中訂出了三十個話題，話題的範圍很廣，這對一些香港的考生來講，是個不輕的負擔。香港人工作、學習都很緊張，準備的考題太多，需用很多時間。另外，香港人慣用粵語方言，寫文章也難免有譯不好普通話文（白話文）的詞句。本人很想幫助考生，於是拋磚引玉，寫了三十篇談話形式的散文，並由王振儒老師加以評述與指導。　為了便於讀者參閱與取捨，本書一部份話題內容超過了三分鐘，敬請注意。

　　本人熱愛文學藝術，曾寫過並發表過一些散文、小說、相聲等作品，但寫談話話題還是第一次。本人以與讀者（聽者）談心，交流思想情感的心態來寫談話話題內容，並沒有刻意去追求詞藻的華麗，語句的修飾，我想這樣對說話更實用些。

由於本人的文學修養有限，不足之處請專家們及讀者多包涵，指教。

本書承蒙李學銘教授贈書"序言"，香港城市大學講師曾子凡先生熱誠幫助和大力支持，王冰先生（中國國家一級演員、電影《走向共和》李鴻章的扮演者）熱情鼓勵。在此，一併深致謝意！

幾個問題的說明

王振儒

國家語委普通話水平測試設立 "說話" 部份，確有必要。為了給應試者提供一些參考的文章和說話的方法，為了提高一般人的說話能力，根據我們在香港的教學經驗，寫了本書，希望對考生有所幫助。因為我們才疏學淺，又兼時間緊迫，書中難免有誤，請讀者、專家指正。

一、關於"說話"的幾個問題

（一）在日常的生活、工作、學習中，"說" 遠遠多於 "文"，所以，說話的基本能力是一個人必須具備的。

（二）一般講，"說" 比 "寫" 難，難在何處？寫文章可以改，有人說，文章是改出來的，有時改得甚至是"面目皆非"。說話就不同了，俗話說：潑出去的水，說出去的話。意思是：收不回來了；君子一言，駟馬難追。不但收不回來，還會有影響，要負責任。不難想像，一個人說話過程中，翻來覆去地改，輕則別人會認為他不負責任，重則會覺得他精神有問題。不要說方言區的人說普通話有語音、詞彙、語法等等的障礙，就是母語接近普通話的北方人要具備一定水平的口頭表達能力，也是要經過刻苦練習的。

（三）說話能力的基本要求。

1、有頭有尾有內容，層次清楚，語言通俗、簡明（包括用詞準確）。這也是寫文章的最基本要求。

2、語速適中，流利，有語音錯誤但不影響溝通。這是與寫文章不同的。盡量不用方言詞語和語法。這是以方言為母語的人應該注意的。

（四）基本說話能力培養的幾個問題。

總體講，寫一篇文章或者把話說得像"一篇文章"，都是一個人綜合能力的反映，是主觀思維，是創作。基本的要求是：要有材料，要會組織材料，要會用語言表達。

從說話的角度看，下面幾點是必須注意的：

1、熟悉生活，熱愛生活，仔細觀察，儲存素材。只有如此，才能"有話可說"。

2、列出提綱，防止邏輯混亂。

3、幾種思維方法。

①邏輯思維：清晰的邏輯思維，是做好工作搞好學習的必備條件，它包括客觀事物發生、發展、變化、結束的順序和內在的合理性，也包括理論的演繹和歸納，以及推論、假設、證明、反證等等論證方法，邏輯思維既有原則問題也有方法問題。

②發散思維：從多角度、多側面觀察、分析。

③逆反思維：從否定的角度，從相反的方向觀察、分析。

②和③這兩種思維是屬於"創意思維"的範疇，沒有這兩種思維，談不到"創意"。

思維的靈敏靠平時的練習，人不同於動物的思維，尤其是如何分析問題、解決問題的思維，並不是天生的。

4、口頭語言的特點。

普通話同各種方言比較，其最大的特點是："言、文"一致，能說就能寫，具體表現就是：不少"書面語"也是經常"說"

的；不少"口語"在書面文字中也常用。平時説話，以通俗易懂為上。

"書面語"和"口語"最大區別有二：一是業務（也可稱"專業"）用語的"書面"性很強，如果一個業務內容有"書面語"和"口語"兩個以上詞語可以表達，在業務範圍內，只可用"書面語"，不能用"口語"。比如，去銀行"貸款"不可以説（或寫）成"借錢"；路政署文件上的"道路""公路"不宜寫作"馬路"；履歷表上的"原籍"不宜寫成"老家"，"董事長，經理"不能寫成"頭兒"等等。二是"口語"的邏輯、語法不嚴謹，尤其是兩個人以上互相説話，如果離開他們説話的語言環境，"外人"有時甚至不知所云，如，問："最近身體怎麼樣？"答："還行。""行"，是一般還是很棒？"外人"不知道，但是，問話的人是清楚的，因為答話的人就在面前，再加些身體語言，對方不難明白，如果是在電話裏互相這樣説，二人一般互相熟悉，再加上"語氣"，也不難理解。再如，問："今天你去哪兒？"答："西邊兒。""西邊"是哪裡？別人聽了，丈二的和尚，問話的人，應該一清二楚。

所以，説話的時候，只要對方能懂，是不必講究語法嚴謹、邏輯嚴密的，用的詞語，不要過於文雅，尤其注意，不要用一般人口頭不用的詞語，如"旖旎""風馳電掣"、"無任歡迎"……總之，要通俗易懂，大眾化。

最後提醒各位，不必刻意追求國家語委三級六等的一級，那是對中國電視台、電台的播音員和節目主持等極少數人的要求，各位只要能符合二級，就具備了普通話溝通能力，三級，就具備了一定的普通話溝通能力，如果還覺得溝通有問題，那主要是中文語文的問題，不是語音的問題。

二、本書大概的結構和特點

本書把國家語委在普通話水平測試中列出的三十個話題範圍，每個話題範圍均寫出“例文”，給讀者參考，並且按“記敘”、“夾敘夾議”、“議論”分為三類，每類從“文體”的角度加以總述，然後每篇例文後面有幾個“詞語註釋”，“評述與指導”是對這個話題範圍說甚麼，例文是怎麼說的，作具體分析。每篇例文有拼音，有錄音。本書如能使讀者結合自己的生活、工作、學習，舉一反三，打開思路，找到材料，說三分鐘的話不覺困難，我們已經滿意，要是能提高您的口頭表達能力，我們就“受寵若驚”了。

本書的例文，約六百字左右，其目的是希望讀者在練習的時候語速快一些，平時說話每分鐘150到200字不算很快。有的人說話不流利，慢條斯理，邊想邊說，原因有三：一，可能是性格問題，天生如此；二是邊說邊在構思內容、整理材料、選擇詞句；三是語音的選擇、矯正，方言區的人，大都有此問題。須知，語言的問題，最終是個習慣的問題，當你使用某種語言說話時語音、詞語、句子脫口而出，這才是形成了某種語言習慣，這才可以說掌握了它。

三、話題簡析

國家語委普通話水平測試話題三十個，考生首先要注意第二點“說明”：“三十則話題僅是對話題範圍的規定，並不規定話題的具體內容。"這就是說，在應試時說話的範圍不超出這三十個，但是具體話題的題目可以是、也可以不是這三十個題目原來的樣子。

為此，有必要對這三十個話題做個分析，或許對各位有些幫助。

第一，這個範圍是你日常生活、學習、工作中親身經歷或者是經常耳聞目睹的"人，事，物，景"，對這些，你必然有些材料，有些想法、看法。從這些生活、工作、學習的"範圍"和人、事、物、景的對象來看，話題的數目無關緊要，重要的是，在這三個"範圍"、四個"對象"中，你是否有大量的材料，這才是第一位的，其次是對這些材料的組織能力。如果這兩個方面沒有問題，"話題"數目多或少都不是問題，因為實際上具體的"話題"是無法用數量來計算的。只要你是個有心人，頭腦中有取之不盡的素材，又有豐富的詞語和取捨、安排材料的能力，任何一個具體"話題"都不難應付。真的達到了這種程度，也可以說你就具備了一定的口頭表達能力。

第二，這些話題範圍中沒有"知識性"的問題。

第三，從不同的角度分類。

（一）從內容分：

"寫"人：主要通過"事"來反映"人"的特點；

敘"事"或議"事"；

以"繪"景抒情為主；

以"寫"物"議"物為主。

（二）從表達方式分：

有人提出按"功能"把語言分類，本人認為還是傳統五種表達方式的分類法科學：記敘、描寫、抒情、説明、議論，説話時最多的表達方式是記敘、説明、議論，三者也往往交錯使用。以記敘為主，是記述；以議論為主（以觀點、看法統領全文），是議論；一邊敘述一邊談看法、亮觀點，是為夾敘夾議。常見的大約就這三種。

第四，範圍與話題。

這三十個“題目”既然是“範圍”，每個“題目”就有不同的具體題目，這在説的時候，表達方式就會有不同；就是同一個具體題目，由於每個人説話的內容不同，表達方式也會有差別，不能盡數。

下面所列簡表中，“具體話題舉例”、“表達方式”、“內容”，只是提示，僅供參考。

以記述為主

共十六個話題：一，二，三，五，六，七，八，十一，十五，十六，十八，十九，二十，二十二，二十三，二十六。

範　　圍	具體話題舉例	表達方式	內容
一、我的願望 （或理想）	我的願望 我的理想 我的志願 我生活的目標 我最理想的工作	記述為主 或夾敘夾議	事
二、我的學習生活	我的學生時代 難忘的一段學習經歷 我的自學情況	記述為主 或夾敘夾議	事
三、我尊敬的人	我的爸爸（或媽媽） 難忘的老師 對我影響最大的人	記述為主 或夾敘夾議	人
五、童年的記憶	童年二三事 快樂的幼兒園生活	記述為主	事、人
六、我喜愛的職業	工作中的趣事 我愛我的工作 我工作中的滿足感	記述為主 或夾敘夾議	事
七、難忘的旅行	旅行中的二三事 快樂的旅行 讀萬卷書，行萬里路	記述為主	事、景
八、我的朋友	我的同學 我的同事 我熟悉的人	記述為主	事、人
十一、我的業餘生活	我的業餘愛好 我如何度過我的業餘生活 我喜歡的電視節目	記述為主 或夾敘夾議	事

十五、我的假日生活	我的星期天 充實的假日生活 家人團聚的好日子	記述為主 或夾敘夾議	事
十六、我的成長之路	從小學到現在 從剛記事到今天 我成熟了	記述為主 或夾敘夾議	事
十八、我知道的風俗	在香港怎麼辦喜事 春節的習俗 介紹兩三個民族的風俗	記述為主 或夾敘夾議	事、 景、人
十九、我和體育	我喜愛的體育運動 運動使我強壯了 運動治百病	記述為主 或夾敘夾議	事
二十、我的家鄉 （或熟悉的地方）	故鄉的回憶 故鄉的情思 生我養我的地方	記述為主 或夾敘夾議	事、 景、人
二十二、我喜歡的 節日	香港的春節 快樂的端午節（或中秋節） 一個難忘的節日	記述為主 或夾敘夾議	事、 景、人
二十三、我所在的 集體（學校、 機關、公司等）	辦公室好事 同事之間 我們公司誰也離不了誰	記述為主 或夾敘夾議	事、人
二十六、我喜歡的 明星（或其他 知名人士）	他是一位好歌星 這個演員演得好 人類的精英——愛因斯坦 （或達·芬奇……）	記述為主	人、事

夾敘夾議

共八篇話題：四，九，十二，二十一，二十七，二十八，二十九，三十。

範　　圍	具體話題舉例	表達方式	內容
四、我喜愛的動物（或植物）	我家的寵物 逛動物園 公園的花草 我喜愛的樹木	夾敘夾議 或以記述為主	物
九、我喜愛的文學（或其他）藝術形式	我最喜歡的一篇（或一部）作品 我最喜歡的漫畫 這部電影令我難忘 文物對我的啟發	夾敘夾議 或以議論為主	事
十二、我喜歡的季節（或天氣）	香港的天氣 香港的四季	夾敘夾議 或以記述為主	事、景
二十一、談談美食	我最愛吃的菜 美食與健康 做美食是一種學問	夾敘夾議 或以議論為主	物、事
二十七、我喜愛的書刊	我喜歡的一本書 這個刊物我期期買 消費刊物少不了	夾敘夾議 或以議論為主	事
二十八、談談對環境保護的認識	為甚麼要環保？ 環保與公德 如何培養環保意識	夾敘夾議 或以議論為主	事
二十九、我嚮往的地方	一個旅遊勝地 我夢中的樂園 這裏是世外桃源	夾敘夾議 或記述為主	事、景
三十、購物（消費）的感受	買東西的樂趣 男女購物的不同特點 誰說便宜沒好貨？	夾敘夾議 或記述為主 或以議論為主	物、事

以議論為主

共六篇話題：十，十三，十四，十七，二十四，二十五。

範　　圍	具體話題舉例	表達方式	內容
十、談談衛生與健康	談談 "病從口入" "狼吞虎嚥" 好不好？ 減肥比健康還重要？	議論為主 或夾敘夾議	事
十三、學習普通話的 體會	學習普通話的收穫 我學習普通話的方法 我是怎麼學會普通話的 學習普通話的難點	議論為主 或夾敘夾議	事
十四、談談服飾	談談服裝的用途 民族服飾千奇百態 名牌與人的品德的關係	議論為主 或夾敘夾議	物、事
十七、談談科技發展 與社會生活	電腦與學習（或工作， 或生活） 從步行到坐飛機 從煤火爐到微波爐	議論為主 或夾敘夾議	事
二十四、談談社會公德 （或職業道德）	公德與美德 美德與學歷的關係 如何才能具有美德	議論為主 或夾敘夾議	事
二十五、談談個人修養	思想修養的重要性 文化修養與思想修養 明星與修養	議論為主 或夾敘夾議	事

第一部份　記敘範圍話題

總述：記敘，也可以説成"記述"、"敘述"，離不開的是介紹"人、事、物、景"。它包括，縱向的，即時間先後不同的記述；橫向的，同一時間內，從類別、不同側面、不同角度的敘述。記敘、説明、描寫雖然有區別，但是説話時往往不可分開，有時還要加一點兒"議論"，要是看作以記敘為主，也無不可。

記敘，是口頭表達最常用的基本方式，也可以説是基本"能力"。

應該知道敘述的"六要素"：時間，地點，人物，事件，原因，結果。其中"事件"是主要的，其他因素的取捨、詳略、明暗，決定於事件的內容和説話的目的。

人在一定場景中的言行，物在一定場景中的活動，及其兩者之間的變化，就構成了"事件"。敘述的事件最好是親身經歷，或者是耳聞目睹，這樣容易合情合理，使人信服。

對"事"的敘述有很多方法，最常用的有概述和詳述，從概括到具體，從總體到局部，從過去到現在（從遠到近），從現在到過去（從近到遠），從表到裏，從此到彼（兩事對比）等等。必須詳細敘述一兩件事。

例文一

Yī hào huà tí
一號 話題

Wǒ de yuàn wàng huò lǐ xiǎng
我的願望（或理想）

Měi gè rén dōu yǒu zì jǐ de lǐ xiǎng yǒu de rén xiǎng dāng
每個人都有自己的理想，有的人想當

yì míng jiù sǐ fú shāng de yī shēng yǒu de rén cóng xiǎo jiù chóng
一名救死扶傷的醫生，有的人從小就崇

bài gē xīng yǐng xīng hěn xiǎng chéng wéi míng rì zhī xīng yě
拜歌星、影星，很想成為明日之星，也

yǒu de rén xiǎng dāng kē xué jiā xiǎng dēng shang yuè qiú huò
有的人想當科學家，想登上月球、火

xīng
星。

Wǒ cóng dǒng shì zhì jīn céng yǒu guo hěn duō lǐ xiǎng
我從懂事至今，曾有過很多理想，

bù zhī dao shì yīn wèi zì jǐ shēng bù féng chén hái shì yùn qì bù
不知道是因為自己生不逢辰，還是運氣不

jiā shén-me dì yī gè nǚ huǒ chē sī jī dì-yī gè nǚ fēi xíng
佳，甚麼第一個女火車司機，第一個女飛行

yuán dōu shì wǒ xiǎo shí hou de lǐ xiǎng shéi zhī zǎo jiù yǒu rén dāng
員，都是我小時候的理想，誰知早就有人當

le yīn cǐ wǒ de lǐ xiǎng quán bù dōu chéng le kōng xiǎng
了，因此我的理想全部都成了空想。

Méng fā zài wǒ xīn zhōng shí jiān zuì cháng de wǒ yì zhí zài
萌發在我心中時間最長的，我一直在

努力實現的理想，就是想成為一名名符其實的作家。

生活是創作的源泉，我從少年時代開始，一直生活在一個單親的家庭裏，我有我獨特的一些生活經歷，正因為這樣，我剛進入大學的第一篇作文，就受到老師的好評，老師把它當作範文讀給了全年級的同學聽，從那時起，我就開始對寫作有了興趣。

我的愛好很廣，我喜歡看電影、電視，也喜歡音樂、舞蹈、體操等等，這些愛好對我寫作是很有幫助的。

當我初到香港定居時，因為語言不通，工作環境不太理想，換了幾次工作，在香港的工廠、貿易公司、小學、文化公司都做過工，同時還兼職教普通話。

從逆境中衝闖過來的我，又積累了

不少生活素材①，我有很多文章想寫，

寫出來對新移民和一些處於逆境的人，可能

會有所啟迪和幫助，我有很多思想情感②

想借用文字抒發出來。於是我在有限的時間

裏，寫過一些小說、散文，有的在大陸或

香港的報刊上發表了。

但是我自知還是看書太少，寫作水平

不高，還要加強學習。

香港早已不再是文化沙漠③，很多香

港作家寫出了不少高水平的作品。我正在

努力學習他們的寫作精神，爭取在我原有

的水平上更上一層樓。

詞語註釋：

①**生活素材**：文學藝術的原始材料，是未經提煉的實際生活現象。

②**情感**：對外界刺激肯定或否定的心裏反映，如喜歡、憤怒、悲傷、恐懼、愛慕、厭惡等。

③**文化沙漠**：沙漠，地面被沙土覆蓋，缺水，氣候乾燥，植物稀少的地區。文化沙漠，是形容文化發展的環境、條件、成果都很差。

評述與指導：

"願望"與"理想"的相同之處，都必須經過努力才能實現；最大區別是："理想"比"願望"遠大，"願望"比"理想"較容易實現。可以說終生的理想，可以說一段時間的願望。應該說出為甚麼有這個理想或願望，重點是怎麼樣去實現它，就是方法。這個話題可以以記敘為主，也可以夾敘夾議。

本例文，概括介紹了小時候的"理想"，重點說了想當"作家"的理想。小孩子好奇，"理想"豐富，長大成熟了，好奇與理想分開了，理想專一了，這是符合實際情況的。

誰沒有理想和願望呢？利用假期去某地旅遊，難道不是願望麼？為甚麼要去這個地方？跟誰一起去？做些甚麼準備？去過以後有甚麼收穫。收穫不大，是甚麼原因，以後再去旅遊應該吸取這次的甚麼經驗和教訓？這樣一想，不會無話可說。

Èr hào huà tí
二號 話題

Wǒ de xué xí shēng huó
我的學習生活

Wǒ de fù mǔ wàng zǐ chéng lóng　tā men xiǎng gěi wǒ zhǎo
我的父母望子成龍,他們想給我找

yí gè yǒu míng qì de xiǎo xué　jié guǒ zhǎo lái zhǎo qù dōu bù shōu
一個有名氣的小學,結果找來找去都不收

wǒ　yīn wèi wǒ de xué xí chéng jì shí zài tài chà
我,因為我的學習成績實在太差。

Wǒ de wài pó shì zhōng xué jiào shī　Měi cì qù wài pó
我的外婆是中學教師。每次去外婆

jiā　tā dōu gǔ lì wǒ　gěi wǒ jiǎng yì xiē míng rén de gù shi
家,她都鼓勵我,給我講一些名人的故事,

yào wǒ hǎo hāo xué xí　zuò yí gè yǒu chū xi de rén　Wài pó
要我好好學習,做一個有出息①的人。外婆

hái ràng wǒ mǔ qin zhù yì wǒ yǒu shén me kè wài de xìng qù hé ài
還讓我母親注意我有甚麼課外的興趣和愛

hào　Qí shí wǒ de fù mǔ yǐ jing bǎ wǒ de kè yú shí jiān ān pái
好。其實我的父母已經把我的課餘時間安排

de zhēn gòu mǎn de le　Tā men yào wǒ xué gāng qín　xué huà
得真夠滿的了。他們要我學鋼琴、學畫

huàr　xué yóu yǒng děng děng　hái qǐng le yí gè wài jí lǎo shī
畫兒、學游泳等等,還請了一個外籍老師

bāng wǒ bǔ xí yīng yǔ
幫我補習英語。

小學三年級時，我參加了學校的畫畫兒課外興趣小組。外婆送給我一個大畫板，給我去室外寫生時用的。我最愛去戶外活動了，我的第一張寫生，是在我姑姑家住的西貢三層樓別墅外畫的。畫完後，我在這幅畫的旁邊寫上了"我給爸爸媽媽造房子"，爸爸媽媽看了，高興得合不攏嘴，都誇我有進步、有出息。後來我這幅畫得東倒西歪的別墅畫兒，讓老師送到東區兒童畫展參加了比賽，得了三等獎。

我得到老師的誇獎和全家人的鼓勵後，我的性格也有了變化，我開始愛學習了，學習成績有了明顯的進步，我考上了中學。我很想長大了能設計房子。我知道光能②把房子畫出來還不行，還要計算得非常準確，否則房子要是設計錯了，不但會造成嚴重的經濟損失，還可能會出人命，所以我努力學好數學、物理等課程。中七畢業後，我以優異的成績考上了大學，後來又取得了建築系的學士學位。

　　現在我是香港一家大建築公司的設計員。工作中我感到所學的知識還是不夠用，我又報讀了碩士課程，一直在努力學習。

詞語註釋：

①出息：有長進，有發展前途或有志氣。

②光能：只能。

評述與指導：

　　這個話題的範圍，是記事的。可以介紹從小學到中學到大學的過程，也可以只介紹一個階段；可以說在學校的學習，也可以說自學情況。要通過具體的事說出特點；也可以邊敘邊議、夾敘夾議。

這篇例文，以第一人稱，介紹一個小孩從學習不專心、成績不好，轉變成愛學習、成績有了明顯的進步的孩子，以後又上了大學，現在正在讀碩士。注意，例文中用了很多的文字敘述了使孩子轉變的一件事，這是特別重要的。家長、老師的一次誇獎、一次表揚，往往是一個孩子的轉變的關鍵。

　　這"篇"以記敘為主，最後一段有敘有議。

例文三

<ruby>三<rt>Sān</rt></ruby> <ruby>號<rt>hào</rt></ruby> <ruby>話<rt>huà</rt></ruby> <ruby>題<rt>tí</rt></ruby>

我尊敬的人

<ruby>Wǒ<rt></rt></ruby> <ruby>zūn<rt></rt></ruby> <ruby>jìng<rt></rt></ruby> <ruby>de<rt></rt></ruby> <ruby>rén<rt></rt></ruby>

我最尊敬的人是我的父親。雖然從我記事兒起只跟他一起生活不到十年，但他留給我的印象是很深刻的。

我父親是個不愛説話，表面上看起來比較嚴肅的人。他五官端正，眉清目秀，不胖不瘦，中等身材。他穿着長袍時很像"五四"運動①時的大學生，可是，他只上過小學。解放前他一直挑着家庭生活的重擔，那時我家是一個有十多口人的大家庭。

我祖父是個竹匠，祖父母生了三男三

女，因為生活貧困，我有一個姑姑送給人
家了。我父親是老大，兄妹六人只有他上
了學，上小學時他的學習成績總是全班
第一名；小學畢業了，家裏沒有錢供他
上中學，老師想出一部份錢幫助他上
中學，可是為了全家人的生活，我父親謝
絕了恩師的好意，托人介紹去上海天文台
當了勤雜工。父親邊幹②雜活兒，邊向幾
個好心的科研人員學一些天文知識和外
語。他把學到的知識都記在了本子上，一點
兒一點兒地積累起來。

解放後，父親到了中國科學院工
作，由於他好學、勤學，從一個小雜工變
成了一個助理③研究人員。

我的性格一點兒也不像父親，我愛說

好動，上小學時，做完功課就到院子裏和小朋友玩兒去了，學習成績只是中下等。因為我不爭氣，沒少捱父親的打。

我上初中的時候，年不過半百的父親頭髮全白了，他白天上班，晚上上夜大學習外語，他的衣服口袋裏總放着外語單詞小卡片。

我隨着年齡的增長，開始懂事了，能把精力放到學習上了，可是，正當我需要一股力量再推我向前邁進時，父親病逝了。他連我考上了高中都不知道，更不知道我還能實現他的夢想，上成了大學。

父親，永遠是我的榜樣，每當我在學習或工作中遇到困難時，一想起他，

jiù huì yǒu yì gǔ yǒng wǎng zhí qián de lì liang
就 會 有 一 股 勇 往 直 前 的 力量。

詞語註釋：

①"五四"運動：一九一九年五月四日，北京學生遊行示威，抗議巴黎和會的無理決定：承認日本接管德國侵佔中國山東省的各種特權，運動很快成為全國性的反帝、反封建的政治和文化運動。

②幹："幹"意為做事情。文中"幹雜活兒"是做零碎的工作，各種體力勞動的意思。

③助理：協助主要負責人辦事的，多用於職位名稱。

評述與指導：

　　尊敬的人，可以是親友長輩，最好是自己的親身經歷；也可以是沒見過面的，只是耳聞目睹，甚至也可以是電影、電視或書上的人。可以以思想道德方面為主，也可以以文化知識為主。但是，必須有或言、或行、或事，而且確實讓人尊敬，而無私、忘我是感人的基礎。

　　本例文，説的是"我的父親"，重點的事情，是刻苦學習的精神。

　　有了刻苦地學習，辛勤地工作，無私地助人等等的事情，不愁無話可説，把事情説得越詳細越好，一、兩件，兩、三件都可以。

例文四

童年的記憶

童年時的我，和所有的小孩子一樣天真無邪，誠實①可愛。可是不知為甚麼，誠實有時候也會引起一些不愉快的事發生。

記得有一次，母親從幼稚園接我回家，走進我家住的唐樓大門時，母親要我一個人先上五樓去敲門，等爸爸開門時告訴他，我是自己回來的，看看他有甚麼反應。我沒有聽母親的話，我說：「老師教過我們，好孩子是不說謊的。今天是你接我回來的，不是我自己回的家。」

母親好像有所失望地對我說：「我是

想跟你爸爸開個玩笑。好了，老師說得對，好孩子不應該說謊話。你不用先上去了，我跟你一起回家。"

回到家裏，爸爸聽說我不肯說謊話，誇我是個誠實的好孩子。

因為我誠實，又有一次，無意中我闖了禍。那是在舅舅家，我的舅媽得癌症病逝不久，我在客廳裏玩兒遊戲機，表姐和表哥坐在沙發上閒聊天兒②，他們都覺得我舅媽是個非常慈祥，又會過日子的好母親。

而我舅舅抽煙喝酒，又愛發脾氣，誰都不喜歡他。表姐說："唉！媽真不應該死，要是爸先死，媽不死該多好。"我表哥也說："可不，不該死的倒先死了……"話還沒說完，我舅舅開門回來了，客廳裏立即鴉雀無聲。舅舅問：「怎麼這麼安靜？」表姐回答說：「我們在玩兒遊戲機。」我說：「不，她說謊。我一人在玩兒遊戲機，他們在說……」我把表姐和表哥剛說過的話學說了一遍。表姐和表哥既害怕又難堪③地低下了頭。舅舅這次沒有發脾氣，他默默地走進了自己的房間，「砰」的一聲把門關上了。

這次，我感覺到我闖了禍了，連遊戲機畫面上的小人也都停住了，好幾雙眼睛都像在責怪我，我委屈地流出了眼淚。

我永遠也忘不了童年時，我「誠實」的小故事。

詞語註釋：

①**誠實**：言行跟內心思想（指好的思想行為）一致，不虛假。

②**聊天兒**：談天。粵語為"傾偈"。

③**難堪**：難以忍受；難為情。

評述與指導：

　　童年往事，快樂有趣的佔多數，香港的兒童，比起貧困地區的兒童，是生活在"蜜罐"中，幸福、高興的事每個人都可以說出不少，可是，一般很難講出"新意"。香港的兒童，也和其他地區的兒童一樣，純潔、誠實，這是所有兒童可愛的根本原因。

　　例文從童真的角度介紹童年往事，不落俗套。像例文中的"事"，在香港是不難找到的，只看你的"立腳點"，站得高，看得才能深。

　　"真、善、美"是大多數人都讚美的、追求的，但是，人類自有文明以來，曲意奉迎、坑蒙拐騙、冷酷無情、欺詐狡黠，一直是通向權勢、豪富的康莊大道！如何永葆童真，這是一切善良的人們，一切志士仁人思索了幾千年的問題。

例文五

Liù hào huà tí
六號 話題

Wǒ zuì xǐ ài de zhí yè
我最喜愛的職業

Wǒ zuì xǐ ài jiào shī
——我最喜愛"教師"

Xiàn zài wǒ zuì xǐ ài de zhí yè dāng rán shì dāng jiào shī
現在我最喜愛的職業當然是當教師，
yīn wèi wǒ yǐ jing gēn zhè gè zhí yè jié le sān shí duō nián de yuán
因為我已經跟這個職業結了三十多年的緣
fen le　　Bú guò　　kāi shǐ shí jiù xiàng yǒu de rén xiān jié hūn hòu liàn
份了。不過，開始時就像有的人先結婚後戀
ài nà yàng　　wǒ bú shì xiān ài zhè gè zhí yè ér zhǎo tā de　　wǒ
愛那樣，我不是先愛這個職業而找它的，我
shì xiān zhǎo le zhè gè zhí yè　　zài màn mānr　　duì tā chǎn shēng
是先找了這個職業，再慢慢兒對它產生
gǎn qíng de
感情的。

Qīng shào nián shí dài　　wǒ zuì dà de lǐ xiǎng shì dāng yǎn
青少年時代，我最大的理想是當演
yuán　　dāng wǒ gāo zhōng bì yè xiǎng kǎo xì jù xué yuàn shí　　méi
員，當我高中畢業想考戲劇學院時，沒
xiǎng dào zhèng qiǎo cóng nà nián qǐ　　bào kǎo xì jù xué yuàn de
想到正巧從那年起，報考戲劇學院的
dì-yī gè tiáo jiàn　　jiù shì shēn gāo yào zài yì mǐ liù wǔ yǐ
第一個條件，就是身高要在一米六五以

上，我差零點兒五公分。

高的不可攀，只好找一個自己的條件還

能攀得上的，於是我選了教師工作。其

實，教師也有她的舞台，只是很小，"演

員"一個，"觀眾"最多幾十人。

大學畢業後，我在北京的一所中學裏

教書，正好趕上文化大革命①，舊的教科

書不能用了，新的還沒有，教師要自己找

教材上課。這段日子，也是學生鬧事最

多，課堂紀律最亂，最不好教的時期。那

時，剛對教師工作有了一些感情的我，有

一種失望、害怕的感覺，很想離開這一

行。

我好像總是受命運之神的控制，

來香港定居後，本想這是個改行的好機

會，沒想到找來找去，還是和教師這個職業續了緣。

在香港，教師在社會上是很受尊重的。當我受到學生的好評時，我很欣慰；當我教出的學生在工作上能用普通話溝通、學以致用時，我為他們高興。

我在講台這個小舞台上為香港社會大舞台上的演員們（學普通話的學生）工作十多年了，我的「桃李」②雖然稱不上滿天下③至少快「滿香港」了，南至港島的香港仔，北到上水，西到元朗，東至西貢，都有我教過的學生。

教師除了有節假日還有寒暑假，可以用這些時間進修提高自己；也可以到各地去旅遊，開闊視野。總之，當老師真不錯，

wǒ yǐ jing shēn shēn de ài shang jiào shī zhè gè zhí yè le
我 已 經 深 深 地 愛 上 教 師 這 個 職 業 了 。

詞語註釋：

①**文化大革命**：二十世紀六、七十年代中國境內一場很大的政治
運動。

②**桃李滿天下**：桃李，本指水果"桃子"和"李子"，這裏的"桃
李滿天下"指教過的學生到處都有。

評述與指導：

　　社會上的職業很多，所以這個話題範圍的可選性也很大，
可以分"藍領""白領""藍白兼顧"；有高薪，中薪，低薪；有
老闆、僱員，等等。社會分工不同，沒有高下貴賤之別。所説的
這個職業，可以不是你正在做着的工作，但必須是你喜愛的，也
必須是很熟悉的，否則會選不出具體生動的事件。

　　確定了所説的職業，選好了事件，可以以敘述為主，也可
以夾敘夾議，也可以以議論為主。

　　本篇，其獨特之處，是對教師這個職業的喜愛有個過程，
這在一定情況下有了更多的話可以説，但是又容易流於空泛，本
篇既有過程又有重點，過程概述，重點詳述，這是比較難掌握
的。

例文六

Qī hào huà tí
七號 話題

Nán wàng de lǚ xíng
難忘的旅行

Tái wān zhī lǚ shì wǒ zuì nán wàng de lǚ xíng zhī yī　Rén
台灣之旅是我最難忘的旅行之一。人
men zài lǚ yóu zhōng　 yì bān zuì zhù yì de shì lǚ yóu dì de míng
們在旅遊中，一般最注意的是旅遊地的名
shèng gǔ jì　 fēng jǐng hé fēng sú rén qíng　 zhè xiē　 zài Tái wān
勝古蹟、風景和風俗人情；這些，在台灣
zhī lǚ zhōng　 wǒ yě bú lì wài　 wǒ pāi le hěn duō fēng jǐng zhào
之旅中，我也不例外，我拍了很多風景照
piānr　　 liǎo jiě le yì xiē Tái wān de fēng sú rén qíng　 rán ér zuì
片兒，瞭解了一些台灣的風俗人情，然而最
lìng wǒ nán wàng de shì　 shì zhào piānr　 shang　 kàn bu dào de
令我難忘的事，是照片兒上看不到的。

Zhè cì lǚ xíng shì yīn wèi wǒ yào zhuǎn　huàn gōng zuò　 yǒu
這次旅行是因為我要轉換工作，有
shí tiān yǒu xīn jià qī bì xū yòng wán　 jiā li rén méi shí jiān péi
十天有薪假期必須用完，家裏人沒時間陪
wǒ qù　　 zhǐ hǎo yí gè rén gēn lǚ xíng tuán qù Tái wān
我去，只好一個人跟旅行團去台灣。

Wǒ men lǚ xíng tuán shì shàng wǔ chéng fēi jī cóng Xiāng gǎng
我們旅行團是上午乘飛機從香港
chū fā　　 xià wǔ dào de Tái wān　 dì-yī gè lǚ yóu diǎn shì Tái běi
出發，下午到的台灣，第一個旅遊點是台北

六福村野生動物園和遊樂園，晚飯是在台北洪江路"蒙古餐廳"吃的蒙古風味的自助餐，我吃得很飽。吃完晚飯，我們去飯店放下行李後，是自由活動時間，大部份人都跟導遊去華西街逛夜市，吃夜宵①去了。我很想利用這個難得的自由活動時間，去我們這次五天遊沒有安排的台灣總統府周圍看看，於是我一個人斗膽②招手截住了一輛出租汽車③，上了車跟司機說，我去總統府，司機看了看我問道："你是從香港來的吧？"我反問他："你怎麼知道我是從香港來的？香港人說的是廣東話，我說的是國語，跟你說的不是一樣嗎？"司機笑着說："現在香港人有很多都會說國語了，你不是台灣人，台灣人這個時候不會像你這樣坐車去總統府的。"我雖然不是台灣人，但是跟他的語言相通，很短的路，我們聊得不錯。

在總統府前的廣場上，為了把自己拍到照片兒中去，我求了好幾個人，和他們溝通也沒有任何語言障礙，他們幫我照了好幾張像。

每當我翻看去台灣旅遊的照片兒時，我總會想起那幾個幫我拍照的台灣人，還有那個一眼就看穿我不是台灣人的司機。我和他們有着共同的語言，我們都是中國人。

詞語註釋：

①**夜宵**：夜裏吃的飯或點心，粵語為"宵夜"。

②**斗膽**：形容大膽，多用做謙辭。

③**出租汽車**：香港人叫"的士"，大陸許多人叫"打的"，也有
　　人叫"出租"。

評述與指導：

　　這個話題的範圍看來很廣，如果嚴格要求也不容易，因為
必需是"難忘"的，走馬觀花的旅行，大概很難有"難忘"的，
只有下馬賞花，才會有"難忘"的，這就是某一次或幾次旅行的
"特點"，有句俗話"看景不如聽景（聽別人介紹）"，是因為沒
能做旅行的"有心人"。

　　本例文特別，特別在於台灣之行的難忘之處不是吃飯、觀
景，而在於都說國語，都是中國人。人們從中也不難想到台灣也
是中國的土地。這些言外之意很容易想到。文中其他部份都是為
此引出鋪墊的。一般的情況下，不要用這個方法來表達，還是說
那些你看到的最美的景、最好的食物、難忘的事更容易一些。可
以把兩三次旅遊放在一起說。

例文七

我的朋友
Wǒ de péng you

我的一生有過不少朋友，有小
學、中學、大學的同學，也有跟我一起工
作過的同事。可是，因為移民、工作的變
化，很多都早就沒有了聯繫，年歲一大，有
的連名字都忘了。

我現有的朋友屈指可數。然而我們都
能真誠相待，互相幫助，互相勉勵。

在普通話的教學過程中，我有幸結
識了張老師和翁老師，他們都是我的同
事，也是我最好的朋友。他們兩位給人的
印象是樸實、善良、待人熱情。

張老師是專職普通話教師，我是兼職的，我們雖然在同一所學校，同一個學系工作，卻不是經常能見面的，對他的瞭解，我是從看他寫的普通話專著開始的，他寫的書，分類簡單明瞭，詞條①豐富多樣，不難看出他作學問的嚴謹②態度，他對人也是這樣，不過在嚴謹中透着真摯③，在真摯中顯出熱誠。在他的影響和鼓勵下，我從寫着玩兒開始，竟也寫出了一百多篇有關練讀普通話的小短文，他耐心地看過我寫的所有稿件，指出優缺點，提了很多寶貴的意見，還幫我聯繫出版社，在他的熱心幫助下，我竟然也有普通話的書出版了。對這麼好的朋友，我當然是終生難忘了。

翁老師跟我一樣是兼職普通話老師，我跟她見面的時間比較多，她是張老師的太太，我曾經問她：「張老師能寫那麼多書，一定是你把家務活兒全擔起來了吧，支持了他，犧牲了自己。」她很坦率地說：「當然了，我比他幹的家務活兒要多些，不過他也經常跟我一起去買菜，有時他也做飯⋯⋯」從初到香港找工作，後來又入行④教普通話的生活過程中，翁老師和我有類似的經歷，我們經常聊得很投機，互相關心，互相勉勵，她是我人生之秋結交上的又一個好朋友。

詞語註釋：

①**詞條**：一個詞語，加上對它的解釋、例句，或者再加拼音，合起來，稱為一個「詞條」。

②**嚴謹**：嚴密謹慎。

③**真摯**：真誠懇切，多指感情。

④**入行**：加入到某種職業、行業中工作。

評述與指導：

　　這個話題的範圍，是記人的。可以是同學，也可以是同事，或其他認識的朋友；可以是一個人，也可以是兩個三個人；要有兩三件事；可以說外貌，也可以不說。要概括出朋友的特點。可以有議論。

　　這篇例文，介紹了兩位朋友，第一位是通過具體的兩件"事"寫的，一件是這位朋友的專著；一件是朋友對"我"的幫助，並從中概括出他的特點：嚴謹，真摯，熱誠。第二位主要是通過互相的兩句對話點出了這位朋友的自我"犧牲"精神，而且反映出這兩個朋友的關係，並影射出兩人之間的感情以及前一位是個非大男子主義的楷模。

　　介紹出一個人的特點，是"寫"人的最高要求，通過"事"來介紹一個人，是最好的方法，"事"越具體越好，這樣就可以做到：第一，生動形象，吸引聽者，第二，內容充實，第三，不愁無話可說。通過"對話"或人物自己說的話來介紹人，聽者如聞其聲，使人物更加栩栩如生。

例文八

十一號 話題

Wǒ de yè yú shēng huó
我的業餘生活

Wǒ de yè yú shēng huó hěn fēng fù　　yīn wèi wǒ de ài hào
我的業餘生活很豐富，因為我的愛好

bǐ jiào guǎng fàn　　shēng huó yě jiù fēi cháng cōng shí
比較廣泛，生活也就非常充實。

　　Shàng xué de shí hou　　wǒ shì xué xiào kè wài huó dòng xiǎo zǔ
　　上學的時候，我是學校課外活動小組

de jī jí fèn zǐ　　shén me wǔ dǎo zǔ　　tǐ cāo duì　　huà jù tuán
的積極分子，甚麼舞蹈組，體操隊，話劇團

la　　wǒ dōu cān jiā guo　　yǒu shí hou yí gè xué qī li tóng shí cān
啦，我都參加過，有時候一個學期裏同時參

jiā liǎng gè xiǎo zǔ　　bǐ rú zài zhōng yī shí　　wǒ jiù cān jiā le tǐ
加兩個小組，比如在中一時，我就參加了體

cāo hé sù miáo huà liǎng gè xiǎo zǔ　　dà yī shí cān jiā guo wǔ shù
操和素描畫兩個小組，大一時參加過武術

hé huà jù liǎng gè xiǎo zǔ　　hái cān jiā guo huà jù　　mín zú wǔ dǎo
和話劇兩個小組，還參加過話劇、民族舞蹈

de yǎn chū
的演出。

　　Zǒu shang gōng zuò gǎng wèi　　yóu qí shì chéng jiā yǐ hòu
　　走上工作崗位，尤其是成家以後，

wǒ de yè yú shí jiān bù duō le　　méi yǒu cān jiā guo rèn hé shè tuán
我的業餘時間不多了，沒有參加過任何社團

活動①。記得剛參加工作那兩年，因為白天有一份工作，晚上要讀碩士課程，所以業餘時間少得可憐。為了完成好碩士課程，星期天我常犧牲去茶樓喝茶和逛街的享受，一個人躲在家中看書、做作業、寫論文；後來終於拿到了碩士學位，找到了理想的工作。現在我已經是兩個孩子的母親了。每逢節假日，我們全家經常去茶樓喝茶，有時也會外出旅遊。平時的業餘時間不是忙家務，就是和家裏人一起看電視，擠點兒時間看看小說，寫點兒小文章，難得有時間撥弄兩下樂器，自娛自樂②。

我的業餘活動堅持得最好的是早晨的晨運。

每天早上只要不下雨，我會去我家附

近的公園跑步、做操。我覺得做操很有用，只要你用心用力做，真能起到活動全身筋骨，健身強身的作用。在家有時看書、寫作累了，我都會做一做操，活動活動。

時間對每個人都是一樣的公平，對上班的人來說，業餘時間的確不多，然而只要你安排得好，業餘時間不但可以休息，做一些體育運動鍛煉身體，還可以學習，幫助你不斷地自我增值，創造財富。

詞語註釋：

①**社團活動**：社團，指各種群眾性組織的總稱。此文中的社團活動指的是文藝社團（如話劇、舞蹈等）的活動。

②**自娛自樂**：自己做有趣的活動使自己得到樂趣。

評述與指導：

業餘生活範圍很廣。下班以後，凡是不屬於業務範圍之內的一切活動，都是這個話題的範圍，包括愛好的和不愛好的，但是必需做的事，比如家務、應酬、會友等等。

先概括敘述業餘都幹甚麼，再重點詳細說其中最有興趣的，或者是經常做的、印象深刻的事。這是最常用的敘述方法。

有人無話可說，不是沒事可講，而是沒有甚麼有興趣的，也沒有甚麼印象深刻的。這時候，就把你常做的事詳細介紹介紹，也是可以的，比如做家務，都幹甚麼，怎麼幹，一項一項從頭到尾地介紹，雖然沒有感情，但是有內容。

例文的作者業餘生活豐富，愛好廣泛，重點說了"晨運"，可以供一些人參考。

例文九

十五號 話題

我的假日生活
Wǒ de jià rì shēng huó

我來香港生活十多年了，很少出
外旅遊，節日假日頂多和家裏人到酒樓飲
茶，或看一兩個小時電視連續劇。

我的假日多半時間是在家，在我的書桌
前度過的。一般的星期天，我經常要用大
半天兒的時間，改普通話課的學生作業，
聽學生的錄音功課，雖然忙得跟上班
差不多，可是也有一定的樂趣。當看到、聽
到自己教的學生有進步時，我打心眼兒裏①
為他們高興。當聽到他們在錄音中，像小
孩子學説話一樣，經常出現一些引人發

笑的錯音時，我除了覺得很好笑之外，又覺得這些學生很可愛，他們雖然普通話說得不太好，可是說得很認真。我能聽到很多學生的聲音，星期日就是一天沒出門兒，也並不感到寂寞。

寒暑假時間比較長一些，除了要用一部份時間教普通話外，我會用比較多的時間看一些文學作品，例如小說、散文，提高我的文學修養；我也會寫一些我想寫的小說、散文，提高我的寫作水平。我還看一些語文知識的書，提高自己的漢語水平，也會寫一些學習普通話方面的小文章。

在假期，有時我也看一些醫學方面的書，多半是有關保健和減肥的書，因為我開始發胖了。總之，假日我是閒不住②的，這也許是不會享受生活吧。

在電視裏看到很多人的假日生活真是豐富多彩，有全家外出旅遊的，也有打麻將③或者看賽馬的，可是我不太羨慕，這大概就像吃東西一樣，有人喜歡吃甜的，有人喜歡吃辣的，我呢，應該是屬於吃慣了苦的那種吧。

假日，對我來説，只是地點不同，沒有工資可拿的另一種工作日罷了。苦嗎？習慣了，也就有滋有味兒了。愛吃苦瓜④的不是大有人在嗎？

詞語註釋：

①**打心眼兒裏**：從心底裏。

②**閒不住**：沒有空閒的時候，總有事做。

③**打麻將**：粵語叫"打麻雀"。

④**苦瓜**：粵語多説"涼瓜"。

評述與指導：

假日生活與業餘生活有相同，也有區別。相同的地方，一般説都側重"業餘"，當然也有例外，所以，把業餘生活的內容搬到"假日"來説是可以的；不同的地方，業餘生活的項目可能又多又雜，假日生活可能單一一些，所以介紹假日生活最好集中於一項最多兩項，比如，出外旅遊，參加了一天或兩天的文娛或體育或公益活動，時間、地點、人物、事件、原因、結果，一一道來，不是很困難的。

例文的內容是在假日的業務內的活動，一般來説教師往往如此，需要假日加班，或出差的時間正趕上假期等等，都是這樣。雖然假日也要上班，但是心情不同，或高興或被迫，在敘述中談談不同的心情，稍加分析，也是一篇不錯的談話。

各位根據自己的情況，酌情而定吧。

例文十

Shí liù hào huà tí
十六號 話題

我的成長之路
Wǒ de chéng zhǎng zhī lù

我的成長之路，是跟家庭生活的變
Wǒ de chéng zhǎng zhī lù　shì gēn jiā tíng shēng huó de biàn

化分不開的。
huà fēn bu kāi de

我出生前後，我家的家境不錯。因為
Wǒ chū shēng qián hòu　wǒ jiā de jiā jìng bú cuò　Yīn wèi

抗日戰爭初期，打起仗來了，我父親從
Kàng Rì zhàn zhēng chū qī　dǎ qǐ zhàng lái le　wǒ fù qin cóng

他工作的上海天文台得到了一筆解散費，
tā gōng zuò de Shàng hǎi Tiān wén tái dé dào le yì bǐ jiě sàn fèi

我的祖父用這筆錢在老家昆山開了一間木
wǒ de zǔ fù yòng zhè bǐ qián zài lǎo jiā Kūn shān kāi le yì jiān mù

行，生意還不錯，家裏生活比較富裕。
háng　shēng yi hái bú cuò　jiā li shēng huó bǐ jiào fù yù

我四歲那年就進了幼稚園上學了。我
Wǒ sì suì nà nián jiù jìn le yòu zhì yuán shàng xué le　Wǒ

上小學一、二年級的學習成績很好，人人
shàng xiǎo xué yī　èr nián jí de xué xí chéng jì hěn hǎo　rén rén

都愛護我，我的生活很幸福。
dōu ài hù wǒ　wǒ de shēng huó hěn xìng fú

抗日戰爭快結束那年，日本鬼子把
Kàng Rì zhàn zhēng kuài jié shù nà nián　Rì běn guǐ zi bǎ

我家木行的木頭都搶去築了碉堡，我家一下子就窮了下來，祖父支撐不住十幾口人的大家庭，只好讓五個子女各自帶着家人自謀生路。我的父親帶着我和母親，一家三口去上海謀生，向親友借錢開了一間很小的電燈泡兒廠，因為不在行①，又加上剛打完仗，經濟不景氣②，生意不好做，不到一年，工廠就倒閉了。我失學了，眼巴巴③地看着別人家的孩子上學。後來，父母把我一個人送到老家昆山，那段日子的生活真是艱苦，冬天上學穿得很少，棉鞋舊得破了，腳凍得生了凍瘡，爛了一個洞，祖母就用稻草灰堵在我的凍瘡口裏，我也忘了後來是怎麼治好的凍瘡。

一年後，我父親被南京中國科學院

聘用了，我和母親也去了南京。我因為失過學，又上了一次小學三年級。

隨着父親工作的調動，小學五年級開始，我是在北京生活、在北京上學的。一直到初中，我家的生活不錯，我的學習也有了進步。

我十五歲那年，我父親病逝了，為了減輕母親的負擔，我做過暑期工，在父親的很多同事、熟人常經過的馬路旁賣過冰棍兒，我真正領略④到了甜酸苦辣的人生。

為了求得未來的幸福，我刻苦、發奮地學習起來，終於考上了大學，大學畢業後，走進了教師的行列。

詞語註釋：

①**不在行**：對某事、某行業，不瞭解底細，沒有經驗。

②**不景氣**：經濟不繁榮，俗稱"不興旺"。

③**眼巴巴的**：用渴望的眼神看着。

④**領略**：瞭解事務的情況，進而認識它的意義，或者辨別它的滋味。

評述與指導：

　　一個人的成長過程受多種因素的影響，如：家庭、學校、朋友、社會等情況的變化，都是成長過程的外部因素，每個人有自己不同的具體情況。這就要抓住引起自身變化的關鍵的人或事，把這些介紹清楚，是必要的，還要說明外界的變化對自己的影響，自己如何變化，把外因和內因聯繫起來，外因通過內因才能起作用。成長之路，指從不懂事到成熟的過程，一般時間較長，當然在較短一段時間裏也有"成長過程"，不過準確地講，這叫"變化"。你可以介紹"成長過程"，也可以介紹一段時間的某種"變化"，當然必需點明是"變化"，如，中學階段，大學階段，參加工作後的一段時間的變化過程。

　　例文介紹的是"成長過程"，以家庭經濟情況的變化作為自己成長的外因，這種外因，對本港有些年青人來說恐怕是陌生的，所以本港年青人可多想一想家長、老師的言傳身教，社會的變化，在自己成長路上的影響。

例文十一

Shí bā hào huà tí
十八號話題

我知道的風俗
——中國歷史上的春節

中華民族是個歷史文化悠久的民族，有很多絢麗多彩①的節日，其中最隆重，最有民族特色的是春節。中國老百姓習慣叫"過年"，近、現代過年的時間是在中國農曆（又叫"舊曆"或"陰曆"）十二月底到一月（又稱"正月"）中旬。

在中國歷史上，早在新石器時代，我們的祖先進入了原始農業社會，在長期的生活實踐的過程中，根據農作物生長週期的循環，發現了春夏秋冬四季交替的規律，產生了“年”的概念。到漢朝漢武帝時，把二十四節氣訂入了曆法，稱為“太初曆”。後來各朝代雖然對曆法有多次修訂，但是每年的年節風俗活動，就一直在固定的日子裏沿襲了下來。

除夕，是一年的最後一天，是去舊迎新的時候。中國古代，在無法抵抗防禦各種災難，不能用科學解釋某些自然現象時，就認為是鬼鬧的，所以在除夕，首要的事，就是防鬼進家。漢代時候的人很迷信，最怕瘟疫和惡鬼，在年終到來時，一面歡度佳節、喜慶豐收，一面驅疫病，除惡鬼。他們把這一夜稱為除夕。後來，民間的貼門神等等，都是對付鬼的辦法。

元旦（農曆），除夕的第二天。“一夜

連雙歲，五更分二年"，新年開始，佳節良辰，家裏晚輩給長輩拜年，喜氣洋洋，爆竹聲響，非常熱鬧。

漢代還沒有火藥，也就沒有鞭炮，只是燒竹節，使它發出噼噼叭叭的巨大聲響，聲音響徹四面八方，即可以驅鬼，又使節日充滿喜慶。

古代過年的貼對聯、祭祖、封壓歲錢②，互相"拜年"等活動，一直流傳到今天。

正月十五的舞龍燈、踩高蹺、耍獅子等娛樂活動，把新春佳節的氣氛推到了高潮。

春節是中華民族的節日，也是天下華人的節日。

詞語註釋：

①絢麗多彩：燦爛，美麗，多色彩。

②**壓歲錢**：過陰曆年時，長輩給小孩兒的錢，粵語叫"利市"。

評述與指導：

　　世界有多少民族，就有多少風俗，可說的內容太多了，可是，要説得好，説出民族風味，是不容易的，好在還不是要求那麼高，只要説出特點就行了。怎麼才能説出特點呢？最簡單、最直接的辦法，就是把風俗中的事、人、物，介紹得詳細，越細越好，這樣，一般也就有了"特點"，也很可能體現出了民族風味。如果你覺得太難了，做不到。要是這樣，你只有看一些這方面的書了。

　　例文介紹的是中國歷史上的舊曆年，現在我們中國人習慣上叫"春節"，把陽曆年叫"元旦"，或者直呼"陽曆年"。一般香港人對現在中國的新年並不陌生，甚麼"恭喜發財，利市拿來"；甚麼"年宵花市"，"開市大吉"等等，只要把其中的一兩個情節做個詳細的描述就可以了。

例文十二

Shí jiǔ hào huà tí
十九號話題

我和體育
Wǒ hé tǐ yù

Wǒ hé suǒ yǒu shàng guo xué de rén yí yàng　dōu shàng guo tǐ
我和所有上過學的人一樣，都上過體

yù kè　　yě cān jiā guo xué xiào duō cì　jǔ bàn de yùn dòng huì
育課，也參加過學校多次舉辦的運動會，

wǒ cān jiā guo tiào gāo　tiào yuǎn　　zhì　qiān qiú děng xiàng mù
我參加過跳高、跳遠、擲①鉛球等項目，

kě shì yí cì dà jiǎng yě méi dé guo　Duì le　　yǒu yí cì wǒ cān
可是一次大獎也沒得過。對了，有一次我參

jiā yì bǎi mǐ duǎn pǎo　　dé le dì - èr míng　zhǐ shì　　nà shì dào
加一百米短跑，得了第二名，只是，那是倒

shǔ dì - èr　　zhēn shǐ wǒ zhōng shēng nán wàng
數第二，真使我終生難忘。

Nà shì zài wǒ shàng zhōng èr de shí hou　yīn wèi wǒ jiā bān
那是在我上中二的時候，因為我家搬

jiā　wǒ cóng Xiāng gǎng dǎo de yì suǒ zhōng xué zhuǎn dào le Jiǔ
家，我從香港島的一所中學轉到了九

lóng Wàng jiǎo qū de yì suǒ zhōng xué　Yīn wèi wǒ zài xiǎo xué shí
龍旺角區的一所中學。因為我在小學時

cān jiā guo tǐ cāo duì　　liàn guo gāo dī gàng　píng héng mù　　róu
參加過體操隊，練過高低槓、平衡木、柔

ruǎn tǐ cāo děng xiàng mù　　zài xīn xué xiào shàng tǐ yù kè shí
軟體操等項目，在新學校上體育課時，

有一次女生一起玩兒平衡木，她們看我的動作很敏捷，挺優美，大家都讚賞我，不知怎麼連班主任都知道了。第二學期，正好班上的文體委員②調到學校的舞蹈隊當隊長去了，班主任就讓我做了班上的文體委員。其實我在體育項目中只喜歡體操，別的都不太行。學校舉行的體育運動會上沒有體操這一項，我一個專門負責文體的委員，不參加比賽不太合適，覺得報個一百米短跑還行，本來我平時跑得也不算慢，可是那次想爭第一，搶跑犯了一次規，再起跑時，一緊張就跑慢了，結果跑了個倒數第二。我真是一個不稱職的文體委員，真夠丟臉的。從那次失敗中吸取了教訓，我經常在放學以後，在操場的跑道上練跑步，還時常提醒自己，再參加比賽，千萬別再搶跑了。

在大學，我參加了學生會組織的武術隊，天天一大早兒就起床，到操場集體練武術。

現在，我每天早上都有去公園晨運的習慣，主要是跑跑步，做做操，活動活動筋骨。

由於我愛運動，所以到現在身體都挺結實③，很少生病，要不然，我怎麼能白天做一份工，晚上還要看書寫文章呢，而且一直堅持了十多年都沒病倒，真是生命在於運動。

詞語註釋：

①擲：扔，投。

②**文體委員：**文娛、體育活動的負責人。

③**結實：**很健康。

評述與指導：

　　這個話題很明確，就是要你說說體育活動對身體健康有甚麼幫助，也可以從反面說不鍛煉對身體有甚麼壞處。這個話題對許多人來說並不困難，對那些不愛運動的人，可能就有問題了，不過也不用怕，你可以說說你的"保健方法"，或用別人的事談談你的體會。可以夾敘夾議地說，可以從理論上談它幾點，只要開頭從"我"出發，用一兩句話轉到你要說的內容上來就可以了。

　　例文給我們提供了一個好方法，就是介紹體育運動，也可以說"活動"中的一個細節，圍繞這個細節說了一些情況，通過這些，談了體會。首先，不管你親身經歷，還是道聽途說，這樣的細節你都會知道一些；其次，對這個細節，一般都會有所感觸，所以通過一個或幾個細節，分別或者總括談談你的體會，大概不會很難吧？

例文十三

Èr shí hào huà tí
二十號話題

我的家鄉（或熟悉的地方）
Wǒ de jiā xiāng (huò shú xī de dì fang)

香港，是我的家，是我生活、工作
Xiāng gǎng shì wǒ de jiā shì wǒ shēng huó gōng zuò

的地方。我聽老人們說，香港早先也和
de dì fang Wǒ tīng lǎo rén men shuō Xiāng gǎng zǎo xiān yě hé

深圳的歷史一樣，由一個個小漁村、小漁港
Shēn zhèn de lì shǐ yí yàng yóu yí gè gè xiǎo yú cūn xiǎo yú gǎng

發展成長，變成了現在的模樣。
fā zhǎn chéng zhǎng biàn chéng le xiàn zài de mú yàng

現在的香港是一個國際大都市，是國
Xiàn zài de Xiāng gǎng shì yí gè guó jì dà dū shì shì guó

際金融中心，也是中西方文化的匯合
jì jīn róng zhōng xīn yě shì zhōng-xī fāng wén huà de huì hé

點。生活在香港，你可以體會到中西文
diǎn Shēng huó zài Xiāng gǎng nǐ kě yǐ tǐ huì dào zhōng-xī wén

化的不同風采①。
huà de bù tóng fēng cǎi

香港的學生可以選讀中文中學，
Xiāng gǎng de xué sheng kě yǐ xuǎn dú zhōng wén zhōng xué

也可以選讀用西方語言教學的英文學校。
yě kě yǐ xuǎn dú yòng xī fāng yǔ yán jiào xué de yīng wén xué xiào

學校裏有中國籍教師，也有外籍教師。他
Xué xiào li yǒu Zhōng guó jí jiào shī yě yǒu wài jí jiào shī Tā

men dōu zài nǔ lì de xiàng xué sheng chuán shòu zhōng-xī wén huà
們 都在努力地向 學生 傳 授 中西文化。

Xiānggǎng jū mín yǒu zōng jiào xìn yǎng de zì yóu kě yǐ xìn
香 港居民有 宗 教信仰 的自由，可以信

yǎng dōng fāng de Fó jiào yě kě yǐ xìn yǎng xī fāng de Jī dū jiào
仰 東方的佛教，也可以信 仰西方的基督教

hé Tiān zhǔ jiào Kě yǐ qù Dà yǔ shān cān bài fó zǔ yě kě yǐ
和天主教。可以去大嶼山 參拜佛祖，也可以

qù jiào táng zuò lǐ bài
去教 堂 做禮拜。

Zài Xiāng gǎng kě yǐ xiǎng shòu dào zhōng-xī fāng de měi shí
在香 港可以享 受到中西方的美食。

Wǒ jīng cháng zài Xiāng gǎng de zhōngcān tīng pǐn cháng yuè cài de hǎi
我經 常在香港的中餐廳品嚐粵菜的海

xiān Běi jīng de kǎo yā Shàng hǎi de xūn yú miàn hé suān là
鮮，北京的烤鴨，上 海的燻魚 麵和 酸辣

tāng Wǒ yě xǐ huan qù xī cān tīng chī zì zhù cān chī zhū
湯。我也喜歡 去西餐 廳吃自助餐，吃豬

pái niú pái luó sòng tāng
排、牛排、羅 宋湯。

Zài Xiāng gǎng kě yǐ xīn shǎng dào Zhōng guó de mín gē
在香 港，可以欣賞 到 中 國的民歌、

mín yuè hé mín zú wǔ dǎo yě kě yǐ xīn shǎng dào xī fāng de gē
民 樂和民族舞蹈；也可以欣 賞 到西方的歌

wǔ hé jiāo xiǎng yuè
舞和交 響樂。

Xiāng gǎng de jiāo tōng fēi cháng fāng biàn gōng lù sì tōng bā
香 港的交 通非常 方便，公路四通八

dá jiāo tōng gōng jù zhǒng lèi fán duō yǒu shuāng céng gōng gòng
達，交 通工具種 類繁多，有 雙 層公 共

汽車，過海渡輪，現代化的地下鐵路、輕鐵、電氣化火車，還保留有古老的叮噹響的有軌電車。

香港有很多中西式的建築，我喜歡現代化的高樓大廈，也喜歡香港大澳的水上漁村風光。

我最喜歡上山頂公園俯瞰②山下，欣賞維多利亞港兩岸五光十色的燦爛燈光。我還喜歡看港灣中小漁艇上像星星一樣閃爍着的漁家燈光。千萬盞燈光照亮了香港美麗的港灣，也照亮了香港的錦繡前程。

香港是全世界都注目的地方。我是一個香港公民，我和香港一起成長，我看着它變化，越變越繁華。香港是我的家鄉，是我最熱愛的地方。

詞語註釋：

①風采：本指人的美好的儀表舉止或指文采，這裏借指文化的特
　　點。

②俯瞰：俯視。

評述與指導：

　　家鄉，又叫"故鄉"，是你"長期"生活着，或生活過的地
方；那裏有你的父母，有你的親友。有人說，我生在某某地(或
者是長輩出生在某某地)，可是我對那個地方不熟悉，沒甚麼可
說的，那你就要想辦法去尋根。把本人或長輩的出生地，作為故
鄉的唯一條件，應該是廣義的"故鄉"，可以說是你的"根"，
"尋根"之說，就是由此而來。"故鄉"是你感情最深厚的地方，
對那裏親友的音容笑貌都歷歷在目，對那裏的一草一木、一土一
石，都有感情，這就是"鄉情"，這才是你的"故鄉"。

　　故鄉的人、物、景、事，可以描述的實在太多太多了，要
找出可以詳細描述的，應該是不難的，難的應該是材料的取、捨
和組織。

　　例文簡括了香港的歷史、主要特點，從語言、宗教、飲
食、交通、建築、景點，蜻蜓點水地作了介紹，對本地人是可以
做到這樣介紹故鄉的，也可以對某一方面做重點介紹。

例文十四

我喜歡的節日

——聖誕節

在香港有很多的節日,因為香港是中西文化的匯合點。香港有十月一日的國慶節,七月一日香港回歸祖國、特別行政區成立日等有政治意義的節日外,還有中國傳統的元旦、春節、清明節、端午節①、中秋節等節日。西方傳入香港的節日有聖誕節、復活節②、萬聖節(即鬼節)等。

中國所有的節日我都喜歡。西方傳入中國的節日,我最喜歡的是聖誕節。

聖誕節在每年的十二月二十五日，是基督教紀念耶穌誕生的節日。香港每年的聖誕節節日氣氛都非常濃厚，在節日前一個月左右就準備起來了。維多利亞港兩岸的高樓大廈佈置了慶祝聖誕節的各種巨型燈飾，五彩繽紛，燈光燦爛，非常好看。就是在城區和市郊的一些街道、商場、住宅、公園等處，也都可以看到各種彩色燈飾、聖誕樹和可以以假亂真的聖誕老人等，使你會有一種身處童話境界的感覺。

每年聖誕節，我和家裏人，都會去尖沙嘴，欣賞各種聖誕節圖案的燈飾，照很多照片留念。在觀賞燈飾的人群裏，在商場、商店或公園裏，你會看

到 很 多 服 務 員、小 孩 兒 和 年 輕 人 的 頭

上，都 戴 着 一 頂 紅 色 白 絨 邊 兒 的 聖 誕

帽，我 也 戴 着 玩 兒 過。這 一 天 你 只 要 到 處

走 走，就 一 定 會 碰 到 化 好 妝 的 真 的 聖

誕 老 人，手 拿 布 袋 在 分 發 禮 物，我 得 到 過

巧 克 力 糖。

　　聖 誕 節 很 多 地 方 都 佈 置 有 聖 誕 樹，

一 般 用 杉、柏 之 類 具 有 塔 形 的 常 綠 樹 做

的，也 有 銀 白 色 的，樹 上 都 掛 有 各 種 紙

彩 鏈、彩 燈、玩 具 和 禮 品 等。

　　每 年 的 聖 誕 節，我 都 會 收 到 我 的 學

生、朋 友 送 給 我 的，又 精 緻 又 漂 亮 的 聖

誕 卡，有 的 打 開 後 還 有 音 樂 聲。聖 誕 節，

這 個 熱 鬧 非 凡 的 節 日，早 已 成 了 香 港 人 最

喜 歡 的 節 日 之 一。

詞語註釋：

①**端午節**：中國的傳統節日，農曆五月五日。相傳古代詩人屈原在這天投江自殺，後人為了紀念他，把這天當作節日，有吃粽子、賽龍舟等風俗。

②**復活節**：基督教紀念耶穌復活的節日，是每年四月初，春分後第一個月圓之後的第一個星期日。

評述與指導：

　　這個話題範圍，可説的內容很多，中國的、外國的節日，常見的也有幾十個，比如，中國有"清明節"、"端午節"、"中秋節"，外國有"聖誕節"、"佛誕"、"盂蘭節"等等。這些節日中，凡是不帶政治色彩的都與"風俗"有關。

　　無論選取甚麼節日，都要以敘述為主，兼有描寫，在對人、景、物、事的描述過程中，應該有概述有詳述，説出特點，説出氣氛，語氣中要有感情。

　　本篇主要敘述了在香港過聖誕節的情況。分三個層次，先描述了市面上的情況，再説人們的打扮，再介紹聖誕樹。最後提了一句聖誕卡。各位可以參考。

例文十五

二十三號話題

我所在的集體(學校、機關、公司等)

——我所在的公司

我在香港工作已經有十多年了,工作年限最長的一份工做了六年,是在一間文化公司做編輯工作。

我工作過的這家文化公司不太大,在一棟舊商業大廈裏。因為新裝修過,公司的環境很舒適。

一進公司的玻璃大門,靠右邊有一個收發櫃台,一間佈置得很雅致的會客室。長方形屋子的四周有電腦房,主編、副主編的辦公室,會計室等。屋子中間用一米多高的木板牆，間隔成兩排十個編輯的工作小間，我就在其中的一間工作。

我們公司有編刊物的，也有替國外某家報紙編中文版版面的工作。我們每個編輯的工作量都不算少，一到上班時間，人人都埋頭動腦、動手忙個不停。如果有人請假，就需要別人幫他完成一部份工作。那麼這個幫忙的人，工作就會加倍的緊張，真是會忙得連上廁所的時間都捨不得給了。香港人有句俗語："越忙越撞鬼"，也就是越忙越出錯。

誰要是出了錯，把關的副主編、主編就會把他找到辦公室去批評一頓。不過，回到自己的座位上，左鄰右舍的戰友一定會安慰幾句，或開個玩笑："怎麼，開天窗

啦。」「悠着點兒①，別太着急，越快越
容易出錯。」

在編輯部工作，每天最輕鬆、可以
大喘氣②的時間是下午四點來鐘，清潔工
來掃地搞衛生的時間。這個時間，我們編
輯部所有的人都可以休息一刻鐘左右。我
們會在公司外面的樓道裏做太極操，可以
看看報紙、刊物或者聊聊天兒，這是一天
中最高興的時間。

就這樣，一天又一天，一年又一年，
不知不覺工作了六年，這間文化公司突然
解散了。真是天下無不散的宴席，只可惜散
得實在是太快了。

詞語註釋：

①悠着點兒：穩住點兒，控制一點兒。

②**大喘氣**：這裏指緊張活動中的稍長時間的休息。

評述與指導：

　　這個話題範圍也是很廣的。學校，包括班、教研室、辦公室等，政府機關，事業團體，企業公司，長期的、臨時的一個活動集體等等。説甚麼呢？人、景、事、物都可以，當然要有個重點，如果以物、景為重點，要反映特點，如果以人、事為重點，要有些意思，要有氣氛。總之，揀你最熟悉的、印象最深、感觸最大的説，不必從 "景" 到 "物"，從人到事地全面敍述。

　　例文重點説了公司的環境、工作情況。有特點，有氣氛。可以參考。

例文十六

二十六號 話題
Èr shí liù hào huà tí

我喜歡的明星（或其他知名人士）
Wǒ xǐ huan de míng xīng huò qí tā zhī míng rén shì

——我喜歡"童話之父"安徒生
Wǒ xǐ huan tóng huà zhī fù Ān tú shēng

我不認識任何一個明星或知名人士，我知道幾個電影明星、歌星和知名人士，可也只限於電影、電視或書中的瞭解，這其中有我心目中崇拜的人。下面就介紹一個。

我想"安徒生"這個人名，應該是很多人都熟悉的吧。他是世界上最偉大的童話①作家之一，被世人稱為"童話之父"。

我在學生時代就讀過安徒生的童話書，他的作品風格多樣，幻想中反映現實，誇張中寓意深刻。他寫的故事中我最喜歡的有《賣火柴的小女孩》、《皇帝的新衣》、《豌豆公主》等。他的故事把我帶到了不同意境[2]的童話世界，我真佩服他的想像力和天才。

安徒生一八零五年出生在丹麥，父親是個鞋匠，收入只夠維持一家餬口，所以安徒生沒有機會上學，但他的家裏人都很疼愛他，他生活得很溫暖。他熱愛生活，同情貧苦階層的人，注意觀察生活細節，所以常有一些創作靈感產生，例如：他在他的特殊小菜園裏(放了泥土的小木桶)，種了豌豆，天天為它澆水，看着它們生長，後來就寫出了《五顆豌豆的故事》。《賣火柴的小女孩》裏的小女孩，在幻覺③中 看到了祖母的慈容，這裏有安徒生對自己祖母的懷念之情。《皇帝的新衣》，對愚蠢的統治者的辛辣諷刺，大概到今天也沒有 能 超 過他的。

安徒生的創 作天份④，終 於被皇家劇院負責人 賞 識，後來入讀哥本哈根大學，由於他刻苦學習，博覽文 學名 著，他創 作了詩歌、長 篇小 説、劇本、童 話等 等。

一八七五年，安徒 生去世。雖然他離開人世有一個多世紀了，但是他的二百多 篇童話故事，仍 然活在人們的心中，是青 少年最愛讀的作品。

詞語註釋：

①**童話**：兒童文學的一種體裁，通過豐富的想像，幻想和誇張的手法來編寫適合兒童欣賞的故事。反映社會生活。

②**意境**：文藝作品通過形象描寫表現出來的境界和情調。

③**幻覺**：視覺、聽覺、觸覺等方面，沒有外在刺激而出現的虛假的感覺。

④**天份**：天資。

評述與指導：

明星太多了，知名人士就少了，德才兼備、對社會有偉大貢獻、能成為人類楷模的就鳳毛麟角了。追星一族，青少年的偶像，其中的"星"或"像"，絕大部份都不能成為"楷模"；"追星"者，隨着歲月的流失、年齡的增長，他們心中的"星"或"像"會逐漸失去魅力。所以，這個話題選擇的"明星"或"知名人士"，你應該知道他（或她）的具體的事，通過"事"來反映他（或她）的性格、特點，如果有令人可學之處就最好了。如果泛泛而談，對"明星"，只說些外貌了，唱的甚麼歌了；對"知名人士"只知道幹甚麼工作，在哪方面有"名"了等。你說的話，不容易"內容充實"，因為說不到三分鐘可能無話可說了，或者自己也覺得乏味。

例文選擇"安徒生"，不但有事——作品可講，還能結合實際作分析、談體會。

如果對你知道的"明星"、"名人"們，都是只知"皮毛"，你必需去問問別人，掌握了一些材料再作一些評論，就差不多了。如果問不到，又不會評論，那你還是去看看名人、偉人的傳記吧。

第二部份　夾敘夾議範圍話題

總述：夾敘夾議，是記敘和議論兼而有之的一種“敘事”方法。有三種情況：既不像議論文那樣以觀點為綱統領全文，也不像記敘文那樣沒有議論，或者議論不多；夾敘夾議必須有敘述，而且一般情況下敘述會多一些，敘與議各佔多少，是五比一還是六比一，沒有固定；邊敘邊議，就是夾敘夾議的特點，“議”是以點到為止，不必分析。

在三十個範圍的話題中，可以說沒有確定是必須夾敘夾議的，從話題的文字表述看，凡冠之以“談談”字樣的，如“二十一，二十八”等話題，都可以夾敘夾議，但是也都可以以議為主。

本部份我們選了八個題目，在於說明看來是敘述性的，也可以說成夾敘夾議的。我們的理解是：過程比較複雜，每個階段都有不同的體會；或多角度、多側面觀察一個事物，會有不同的結果（看法），一般在說話時都會夾敘夾議。

比如：“九、我喜愛的文學（或其他）藝術形式”。“文學藝術”的形式太多了，這樣“多角度”的看，夾敘夾議較為妥當；“二十九、我嚮往的地方”。人、物、景，可以突出其一，或三者兼顧，要想給人較為深刻的印象，最好用夾敘夾議。

一個話題用記敘還是夾敘夾議，決定說話人所掌握的材料，決定說話人的分析能力、性格特點與愛好等等。

例文一

Wǒ xǐ ài de dòng wù　　huò zhí wù
我喜愛的 動 物（或植物）

Wǒ ài huār
——我愛花兒

Wǒ zuì xǐ ài de zhí wù shì huār　　Wǒ xiǎng hěn duō rén
我最喜愛的植物是 花兒。我 想 很多人

dōu huì xǐ huan huār　de　bù rán zěn me huì yǒu　　fán huā sì
都會喜歡 花兒的,不然怎麼會有 "繁花似

jǐn　　　huā róng yuè mào　　　　rú huā sì yù　 děng děng
錦"、"花容月貌"、"如花似玉"等 等

de　shuō fǎ　ne
的 説法呢?

　　Huār　shì zuì měi de zhí wù　Kàn huār　shì rén xīn
花兒是最美的植物。看 花兒,使人心

kuàng-shén yí　　Nà xiē huār　měi de xiàng yǒu　yì zhǒng líng
曠 神怡①。那些 花兒,美 得 像 有一 種 靈

qì　hǎo xiàng zhēn de huì chū xiàn shén huà zhōng de huā xiān　bǎi
氣,好 像 真 的會出 現 神話中的花仙、百

huā wáng zǐ　zhěng gè shì jiè huì biàn de nà yàng de měi hǎo
花王子,整個世界會變得那樣的美好!

Rén men yě jiù hǎo xiàng zhì shēn yú chún jié　měi hǎo de jìng jiè
人們也就好像置身於純潔、美好的境界

le
了。

種花兒，可以美化、綠化、香化我們的環境。廣州、昆明是中國的花城；荷蘭、新加坡因花而馳名。世界各國各大城市都建有供人們遊覽休閒的公園，公園實際上也是個大花園。

我因為喜歡花兒，在我家那小陽台上佈置了一個微型的空中花園②，用花盆養了白蘭花兒、茉莉、月季、杜鵑、蟹爪蘭等等。我累了，就去看看她們，放鬆一下神經。

我最喜歡的花兒是簕杜鵑，它是藤本植物，枝有刺，枝條會下垂，花朵簇生在像紙、似絹做的苞片裏，苞片形狀像葉，人們又俗稱③為假葉花兒，很多朵有苞片的假葉花兒又簇生在一起，花團錦簇，非常美麗。

杜鵑有紅、黃、白、紫等顏色，我家有粉紅、紫紅、白色三種，我最喜歡白色那盆，它是泰國運來的，花兒剛吐蕊時呈卵圓形，好像淺綠色的嫩葉，又像淺色翡翠製成的花雕工藝品，花苞片逐漸開放時，就像由翡翠的雕塑變幻成白色玉雕的花苞，然後又在白色花苞的尖端，由白漸粉地，變成像微型的蓮花瓣兒一樣美麗的雙色花苞。真像少女一樣，越變越好看。

以前，我最不喜歡那些快凋謝的花兒了，我會把它們從花枝上剪下來扔掉。最近我開始可憐這些快凋謝的花兒了，因為我聯想到了人，當你失去了花容月貌

shí　　nǐ yuàn yì bèi rén pāo qì ma　　Wǒ zhēn xī wàng huì chū xiàn
時，你願意被人拋棄嗎？我真希望會出現
huā xiān　　néng shǐ huār　　cháng kāi bú xiè
花仙，能使花兒常開不謝。

詞語註釋：

①**心曠神怡**：心情舒暢，精神愉快。

②**空中花園**：位置較高，在室外露台（陽台）或平台上佈置的花園。

③**俗稱**：通俗的稱呼或說法，與書面語相對應。

評述與指導：

　　這個話題範圍看來很大，其實說起來，必然要具體到一兩種動物或植物。

　　本篇開頭就點明："我最喜愛的植物是花兒"。在題目的大範圍中一下收窄。然後提出"花兒是最美的植物。"這是對花的總體讚美。"看花……"如何如何，"種花……"又如何如何。指出花的作用。我最喜歡的花，為甚麼喜歡，我怎麼做。就這樣從遠到近，從概括到具體，又議又敘。最後指出，凋謝的花不要扔掉，就像人老了不可被拋棄一樣，深化了主題思想。"文"中對籬杜鵑的描寫，反映出說話人觀察的細緻。

　　大題目化小，概括變成具體。這是使說話的內容變得具體、充實、吸引人的常用之法。

例文二

九號 話題

Wǒ xǐ ài de wén xué huò qí tā yì shù xíng shì

我喜愛的文學（或其他）藝術形式

Wǒ yǒu hěn duō wén xué yì shù fāng miàn de ài hào wǒ xǐ
我有很多文學藝術方面的愛好，我喜

huan kàn diàn yǐng kàn diàn shì lián xù jù kàn xiǎo shuō sǎn
歡看電影，看電視連續劇，看小説、散

wén tóng huà shén huà gù shi hái xǐ huan shī cí qǔ
文，童話、神話故事①，還喜歡詩詞、曲

yì Zǒng zhī yǔ wén xué yì shù yǒu guān de rèn hé xíng
藝②。總之，與文學藝術有關的任何形

shì wǒ dōu xǐ huan
式，我都喜歡。

Shàng zhōng xué de shí hou wǒ jī hū bǎ Hóng lóu mèng
上中學的時候，我幾乎把《紅樓夢》、

Sān guó yǎn yì Xī yóu jì děng gǔ diǎn xiǎo shuō dōu
《三國演義》、《西遊記》等古典小説都

kàn le yí biàn Cóng yǔ wén kè běn shang xué le jǐ piān shī
看了一遍。從語文課本上學了幾篇詩

cí yòu xǐ huan qǐ shī cí lái le Dù fǔ de Bīng chē
詞，又喜歡起詩詞來了。杜甫的《兵車

xíng Běi wèi de Mù lán cí jiǎn dān de jǐ shí jù
行》，北魏的《木蘭詞》，簡單的幾十句，

jiù bǎ lì shǐ bèi jǐng rén wù de shēng huó xìng gé xíng
就把歷史背景，人物的生活，性格，形

象地反映了出來，真是妙不可言。

大學的功課很多，時間很緊，那我也擠

時間看了一些中外名著，蘇聯小說有高

爾基的《童年》、《在人間》、《我的大學》，

還有奧斯特洛夫斯基《鋼鐵是怎樣煉成

的》。中國的有巴金的《家》、《春》、《秋》，

曹禺的《雷雨》、《日出》，這些小說、戲

劇對我的影響很大，尤其是《鋼鐵是怎樣

煉成的》，書中的主人公"保爾·柯察

金"，這位二十世紀初的蘇聯③英雄，獻

身革命，最後成了個雙目失明、全身

癱瘓的殘疾人，可是他仍然堅強地生活

了下去。在親人和朋友的協助下，他寫出了

小說《暴風雨的女兒》。每當我遇到困

難或意志消沉時，一想到他，我就會重

新振作起來。

現在我還喜歡看小說，我覺得看小說有很多收穫，一是得到了不少"精神食糧"，二是增長了各方面的知識，三是提高了文學修養。在潛移默化的影響下，我竟然也能寫出並發表了一些散文、小說等作品，這也是我一生最大的追求。

文學藝術對人的影響是很大的，它能影響人的情操④，啟迪人的思想，它能提高人的智慧，教你認識人生、認識世界。

詞語註釋：

①**神話故事**：關於神仙或神化了的古代英雄的故事。反映出古代人民對自然現象和社會生活，富於神奇的幻想和美好的嚮往。

②**曲藝**：民間富有地方色彩的各種說唱藝術。如彈詞、大鼓、相聲等。

③**蘇聯**：指十月革命後的俄國，一九二二年成立蘇維埃社會主義

共和國聯盟，簡稱蘇聯。

④**情操**：持續穩定的情感，包括道德感、理智感、和美感等，與堅定的行為方式的結合。

評述與指導：

文學、藝術是陶冶情操，訓練思維，增加知識，開擴視野必不可少的。

這個話題雖然標出"形式"，但是，一般情況下必須通過內容才能反映形式，因為在具體內容裏就有了形式，另外，題目提的這個"形式"，從廣義來說，也可以指內容。

文學、藝術的形式非常的多，你如果沒看過文字的小說戲劇，有沒有看過電影？沒看過電影，看過電視嗎？如果對電視劇印象不深，漫畫總看過幾本吧？一個人不可能和文學、藝術毫無關係，不過你必須仔細回憶一下，你最喜歡的一本或一篇文藝作品裏的詳細內容，人物、情節等，這就是你應該說的。

這篇例文，整體來說是屬於概述，按中學、大學、現在的不同時期，提出一些或文學形式或作品，並作個簡單的評述。如果你讀的或看的文藝作品很少，把你知道的一兩篇作個詳細的介紹也是可以的。

例文三

十二號 話題
Shí èr hào huà tí

我喜 歡的季節 （或天氣）
Wǒ xǐ huan de jì jié huò tiān qì

在北京、在香港，春、夏、秋、冬一
Zài Běi jīng zài Xiāng gǎng chūn xià qiū dōng yì

年四個季節中，我最喜歡的是秋天。有人
nián sì gè jì jié zhōng wǒ zuì xǐ huan de shì qiū tiān Yǒu rén

可能會奇怪地想，春天春 光 明媚，萬
kě néng huì qí guài de xiǎng chūn tiān chūn guāng míng mèi wàn

象 更新①，一年之際在於春，你為甚麼
xiàng gēng xīn yì nián zhī jì zài yú chūn nǐ wèi shén me

只愛秋天不愛春天呢？
zhǐ ài qiū tiān bú ài chūn tiān ne

其實春、秋 兩個季節我都喜歡的，春
Qí shí chūn qiū liǎng gè jì jié wǒ dōu xǐ huan de chūn

天是一年的開始，春播秋收，秋天是一年的
tiān shì yì nián de kāi shǐ chūn bō qiū shōu qiū tiān shì yì nián de

收穫季節，兩個季節都很有意義。
shōu huò jì jié liǎng gè jì jié dōu hěn yǒu yì yì

北京、香港的春季，都有文人筆下
Běi jīng Xiāng gǎng de chūn jì dōu yǒu wén rén bǐ xià

描寫的美的一面，但也有它不可掩蓋的缺
miáo xiě de měi de yí miàn dàn yě yǒu tā bù kě yǎn gài de quē

憾②：北京的春天三天兩頭兒地颳大風，
hàn Běi jīng de chūn tiān sān tiān liǎng tóur de guā dà fēng

風 中帶有沙塵，給春天的景色蒙上一層灰色。北京的屋子裏，就是把門窗都關緊了，傢具上也會有一層塵土。香港的春天常下毛毛雨，天氣悶、濕，人們身上總是粘粘的，很不舒服。北京、香港的秋天倒像文人筆下的春天：百花爭艷，風和日麗，不冷不熱。再加上秋高氣爽、碧空藍天、秋果纍纍；秋天，成了北京、香港兩地最受人歡迎的季節。

秋天是一年中的收穫季節。秋梨、蘋果、柿子……很多水果都上市了。在金色的麥田中，沉甸甸的麥穗兒把麥稈兒壓彎了腰，在秋風的輕撫下，起伏着金色的波浪，好像在為慶祝豐收而舞蹈。

農民不管風吹、雨打、日曬，都要

面朝黃土背朝天地在田裏辛勤地勞動，為的就是能在秋天有個好收成。

人生也有秋天，每個人在人生之秋的收穫是不同的，真是種瓜得瓜，種豆得豆，種下遺憾自己受。在你的青春年華時，如果不能辛勤地耕耘，怎麼能換來秋的豐收呢？

我已經邁入人生之秋了，青少年時期努力不夠，等到有所醒悟時，頭髮已經開始花白了。現在我只有爭分奪秒地努力學習、工作，希望在人生的深秋季節，能得到豐碩的成果。

詞語註釋：

①**萬象更新**：宇宙中的一切事物或景象除舊換新。

②**缺憾**：不夠完美，令人感到遺憾的地方。

評述與指導：

　　"季節"是固定的，春夏秋冬；天氣對於四季來說是相對的，春秋的天氣，有許多是相似、甚至是相同的。

　　這個話題主要是讓你"寫景"，寫氣候的"景"，裏面包括雲、雨、雷、風、閃電、氣溫等等，和由此而伴隨的人們的種種"對策"，比如：衣服的加減，傘、空調等用具的使用；還有自然界的動植物的變化；更重要的是人的心理反映。

　　這個話題的難點，是平時你要有仔細的觀察和體會所積累起來的素材，不然的話，內容不會充實。

　　例文的重點恰恰是在：通過自然界的秋天，聯繫到人生的"秋天"，由此而發出感慨。這種聯想並不少見，但是由於每個人的具體情況，尤其是認識角度或程度的差別，說話的內容就各有千秋了。

例文四

Èr shí yī hào huà tí
二十一號 話題

Tán tan měi shí
談談美食

Rén men de shēng huó lí bu kāi yī shí zhù xíng
人們的生活離不開衣、食、住、行，

ér shí jiù shì chī fàn sú huà shuō rén shì tiě fàn shì gāng
而食，就是吃飯，俗話 説："人是鐵，飯是 鋼①，

yí dùn bù chī è de huang Zhè huà de yì si shì zhǐ yǒu chī
一頓不吃餓得 慌。"這話的意思是，只有吃

bǎo le cái néng yǒu lì qi gàn huór Qí shí xiàn dài rén de yāo
飽了才能有力氣幹活兒。其實現代人的要

qiú zǎo yǐ biàn le bù zhǐ shì yào chī bǎo hái zǒng xiǎng zhe
求早已變了，不只是要吃飽，還總想着

yào chī hǎo
要吃好。

Zài Zhōng guó de dà chéng shì li fàn diàn cān tīng
在中國的大城市裏，飯店、餐廳、

chá lóu dōu yǒu hěn duō měi shí gōng yìng Suí zhe rén men shēng huó
茶樓都有很多美食供應。隨着人們 生活

de tí gāo hěn duō jiā tíng jié jià rì dōu bú zài jiā chī fàn ér
的提高，很多家庭節假日都不在家吃飯，而

shì dào wài miàn de cān tīng gǎi shàn yí dùn
是到外面的餐廳改善一頓。

Měi shí zài Zhōng guó gè dì dōu yǒu bù tóng de tè sè Guǎng
美食在中國各地都有不同的特色，廣

東菜較清淡，上海菜味兒鮮甜，四川、湖南菜辣得漂紅油。各人也有不同的口味，不能吃辣的人，覺得辣的菜不好吃，吃慣辣的人，覺得沒有辣味的菜，就不是美食，美食實在是因地而異，因人而異。

我曾在北京呆過②，北京人口重，喜歡吃鹹一點兒的菜；清淡點兒的菜，他們說"少滋無味"。我最愛吃北京的烤鴨，烤鴨的鴨片皮脆肉嫩，加上大蔥、甜麵醬，夾在薄餅裏吃，味道真是第一流，香極了。北京還有很多麵粉做的美食，我很愛吃早點舖裏的薄脆、糖耳朵、驢打滾兒，這些吃的，有的是大麥粉做的，有的是綠豆粉做的，是純北京風味的小吃。

世界上的美食無奇不有，真是數也數

不清。我看，論吃還是香港人最有口福，香港之所以有"美食天堂"的稱號，因為在香港不但能吃到全國各地各種特色的菜；還能吃到世界各地的美食，甚麼日本的壽司、韓國的燒烤，美國、法國的西餐，總之，數不清更吃不盡。

美食和健康是分不開的，好吃的菜飯不但能增加你的食慾，還能強身健體，也是一種物質上、精神上的享受。雖然品嚐美食是一種享受，但也絕不能暴食、偏食，否則適得其反③，對健康不利。

還有一點請注意，要遵循④"早吃好，午吃飽，晚吃少"的科學飲食經驗，使你能消化好你所吃的美食。

詞語註釋：

①**人是鐵，飯是鋼**：鋼和鐵都是堅硬的金屬，此句比喻吃飽飯人就有力氣了。

②**呆過**：住過，停留過。

③**適得其反**：跟應有的結果相反。

④**遵循**：遵照。

評述與指導：

　　美食，俗話叫"好吃的"，講的是"色、香、味"。色，有綠、紅、黃、白、黑等等；味，有苦、辣、酸、甜、鹹、鮮等等；香，有甜香、辣香、鮮香等等。這都不難説，也用不了多少時間。要是談談美食和健康的關係，又必需有些營養學的知識。想來想去，大概還是説一兩個或者是幾個菜怎麼做比較容易一些，專業用語叫"烹飪技術"，不懂"技術"，就説説"過程"也是可以的，講做飯或炒菜"成功"的例子可以，説説"失敗"的教訓也很好。

　　例文從不同的角度談了美食，提了廣東、四川菜的特點，重點説了説北京的美食，又點出了美食與健康的關係、早、中、晚三餐的科學要求。各位可以參考，但是，每個人的具體情況不同，還是發揮自己的"長處"為好。

例文五

二十七號 話題

我喜愛的書刊

—— 短篇小說、散文集，《香港文學》

我喜愛的書刊很多，我最喜歡的書是小說和散文集，我最喜歡的刊物是《香港文學》。

在大陸生活的時候，業餘時間比較多，我看過一些中外名著的長篇小說，例如蘇聯小說《鋼鐵是怎樣煉成的》，對我青少年時期的思想成長和融入社會，有過一定的影響。

來香港這十幾年，為了打好生活基礎，我成了工作狂，一天做兩份工，沒有時間看長篇小說，我看了幾本香港作家寫的短篇小說集和散文集，書中不同的作者有不同經歷，不同的寫作風格，不同的寫作技巧。從書中可以知道香港社會的發展情況，例如：物價，五十多年來以幾十倍甚至上百倍增長的，以樓價、米價最為驚人，其次是報刊。戰前一棟木樓梯的樓宇，三、五萬就可以買到，現在這個價，就是天台屋也買不到。三十年代，大米一塊錢三十斤，戰後猛增一百倍。看這些小說和散文能得到不少知識。

《香港歲月》散文集裏，《行街》、《理財前後》的兩位作者，他們在香港刻苦學習，努力工作，艱苦奮鬥的生活經歷，除了使我產生共鳴①外，我還得到了

gǔ wǔ
鼓舞。

　　Zài kàn xiǎo shuō　sǎn wén jí zhōng　yì wài de shōu huò shì
　　在看小說、散文集中，意外的收穫是

kàn wén huì yǒu　　Wǒ kàn dào duō nián méi yǒu lián xì de
"看文會友"。我看到多年沒有聯繫的，

yǐ qián zài wén huà gōng sī yì qǐ gōng zuò de tóng shì Xiǎo Cài de
以前在文化公司一起工作的同事小蔡的

jǐ piān xiǎo shuō hé sǎn wén　　zhī dao zhèi wèi nián qīng rén zài
幾篇小說和散文，知道這位年輕人在

gōng zuò hé jiā tíng fù dān de yā lì xià　　réng jiān chí bú xiè de nǔ
工作和家庭負擔的壓力下，仍堅持不懈地努

lì xiàng shàng　　xiàn zài rén dào zhōng nián　　hái yòng yè yú shí jiān
力向上，現在人到中年，還用業餘時間

dú shuò shì kè chéng　zhēn shì lìng rén qīn pèi
讀碩士課程，真是令人欽佩。

　　Kàn xiǎo shuō　　sǎn wén　kě yǐ cóng zhōng dé dào yì xiē
　　看小說、散文，可以從中得到一些

qǐ dí　　　gǔ wǔ　　zēng qiáng kè fú kùn nan de yǒng qì
啟迪②、鼓舞，增強克服困難的勇氣。

　　Chú le xiǎo shuō hé sǎn wén jí yǐ wài　　wǒ hái xǐ huan kàn
　　除了小說和散文集以外，我還喜歡看

Xiāng gǎng wén xué　　　tā de nèi róng fēng fù　　xiě zuò shuǐ
《香港文學》，它的內容豐富，寫作水

píng jiào gāo　cóng zhōng kě yǐ xī qǔ bù shǎo yíng yǎng
平較高，從中可以吸取不少營養③。

　　Xiāng gǎng wén huà zǎo yǐ zǒu chū　　shā mò　　Xiāng gǎng
　　香港文化早已走出"沙漠"，香港

de xiǎo shuō　　sǎn wén　　zài Xiāng gǎng zhèi kē Dōng fāng míng zhū
的小說、散文，在香港這顆東方明珠

上，閃耀着令人矚目的一束 光 輝。
（shàng，shǎn yào zhe lìng rén zhǔ mù de yí shù guāng huī）

詞語註釋：

①**共鳴**：由別人的某種情緒引起的相同的情緒。

②**啟迪**：開導，啟發。

③**營養**：食物養份。文中指得益於身心健康的精神養份。

評述與指導：

　　書籍和刊物，除去"文書檔案""圖紙"之外的文字、圖畫和圖文並茂，集而成冊的，都可以稱為書刊，當然包括文學、藝術讀物。如果文藝讀物你沒甚麼接觸，書刊必然讀過，你學過的教科書，就是"專業性"的書，有人可能問，教科書有甚麼"可愛"的？有甚麼可說的呢？你上學的時候難道沒有喜歡的科目？中小學的課本圖文並茂，難道不"可愛"？你學到的知識，難道課本沒有"功勞"？你只要詳細地介紹一或兩本教科書，也是切合這個話題要求的。介紹其他的書，包括漫畫書，其他的刊物，包括娛樂、消費、求職的刊物，當然也是可以的。這個話題的面很廣，不會無話可說。可以詳細介紹一本，也可以同時介紹幾種。

　　例文簡單談了幾種文學的書和一本文學刊物，並分別提到從中的"得益"，對喜愛文學作品的讀者可以借鑒。

例文六

Èr shí bā hào huà tí
二十八號 話題

Tán tan duì huán jìng bǎo hù de rèn shi
談談對 環 境 保護的認識
Xiāng gǎng de zhà dàn hé dì léi
——香 港的 "炸 彈" ① 和 "地雷" ②

Xiāng gǎng zhè gè yǐn rén zhǔ mù de guó jì jīn róng zhōng xīn
　香 港，這個引人矚目的國際金融 中 心、

gòu wù tiān táng xī yǐn le bù shǎo guó nèi wài de dà qǐ yè zài cǐ
購物天 堂，吸引了不少 國內外的大企業在此

tóu zī yě xī yǐn le shù yǐ wàn jì de guó nèi wài yóu kè lái Xiāng
投資，也吸引了數以萬計的國內外遊客來香

gǎng yóu lǎn gòu wù
港遊覽、購物。

Xiāng gǎng de huán bǎo zǒng tǐ lái shuō hái bú cuò gāo jí
　香 港的環保③總體來説 還不錯，高級

de bàn gōng dà lóu dì qū bǐ rú Zhōng huán Jīn zhōng děng
的辦 公大樓地區，比如中 環、金 鐘 等，

fēi cháng gān jing kě shì hěn duō de zhù zhái qū yóu qí shì gōng
非 常 乾淨，可是很多的住宅區，尤其是公

wū wū cūn yǒu liǎng lèi lā jī dà shā fēng jǐng jiào rén fáng
屋屋邨，有 兩類垃圾，大煞風景，叫人防

bú shèng fáng
不勝 防。

Zhà dàn zhàn shí yí liú xià lái de zhà dàn fā xiàn
　"炸 彈"，戰 時遺留下來的炸 彈，發現

後可以疏散群眾引爆；但是那些高層樓台、棚架上掉下來的"炸彈"——瓶瓶罐罐、花盆、洋灰塊兒(石屎)等等，卻難以防備，時刻威脅着行人的安全。

我沒有遭到過"炸彈"的襲擊，但是，有一次我差點兒踩上"地雷"。那天我和一個朋友去京港酒店吃自助餐，快到酒店時，朋友突然一把把我拉了過去，一邊喊着："小心'地雷'！"嚇了我一跳，低頭一看，地上一攤黃色的狗糞，差點兒被我踩上，這個陰影一時想忘都忘不了，結果鬧得我吃自助餐時直倒胃口。

香港的報刊和電視台，經常宣傳要綠化，清潔香港，要使香港成為世界人民都嚮往的旅遊勝地；然而，要是不徹底杜絕這些有礙市容的、威脅着人們安全的"炸彈"、"地雷"，誰還敢在馬路上遊覽、購物呢？

那些"炸彈"和"地雷"的製造者，也真應該好好兒想一想，如果有一天你的親戚朋友甚至是你，碰巧也遇到了"炸彈"和"地雷"的襲擊，你們會有甚麼感受呢？

環境衛生的好壞，直接影響着人們的身體健康；同時也反映出一個城市，或地區的公民受教育的程度，精神文明的狀況。

香港是世界聞名的大都市，香港是我們的家，每個香港人都應該重視香港的環境保護工作，像愛自己的家一樣愛香港。

詞語註釋：

①"炸彈"：有巨大殺傷力的，裝有炸藥的，爆炸性的武器。本文指高處掉下來的可傷人的物件。

②"地雷"：埋在地下，有引火裝置的爆炸性武器。文中指狗的糞，是誇張的用法。

③環保：環境保護，包括衛生和污染兩方面。

評述與指導：

這個話題範圍很廣。海、陸、空，山、水、樹，衣、食、住、行等等都包括了，時時處處都有環保的問題。可以從正面說為甚麼要重視環保，環保的範例，也可以從反面說不重視環保的危害，破壞環保的行為；可以從大的方面說，地區、國家、地球，也可以從小的方面入手，諸如工作環境、個人衛生、不良習慣，等等。

這個話題也很深。表面看是個習慣問題，其實是思想認識問題，思想修養問題，與周圍環境、社會風尚關係密切，個人影響社會，社會影響個人。說到底，環保是關係到地球存亡從而導致人類存亡的大事。不站在這個高度，無論是議論還是夾敘夾議，都不能鞭闢入裏。

本篇從反面入手，以兩個具體事為起點，圍繞清潔香港繁榮香港論述。這種以自己身邊的事為題材，以自己的生活環境為範圍的論述應該說是比較容易的，只要把內容安排好，層次清楚，就不會有甚麼問題。

例文七

我嚮往的地方

我嚮往的地方是"天堂","天堂"是人間對最美好境界的幻想。其實人間也有"天堂",人們都知道"上有天堂,下有蘇杭①","蘇杭",就是人間的"天堂"。昆山是屬於蘇州市的一個縣級市,也就是"天堂"中的一塊地方。

我很小就離開了老家昆山,古都北京是我生活了三十三年的第二故鄉;神差鬼使②,我又來到號稱東方之珠的香港。出外旅遊,我去過杭州、桂林、昆明和西雙版納;西湖、漓江、石林,還有那兩岸佈满热带雨林的澜沧江，雖然處處風景都美麗如畫，還是比不上我心中的"天堂"。

曾經有幾次，在雲海、霧氣中，我回到了故鄉，它已經對外開放，來了很多其他地方的外商。在故鄉，我最喜歡的是，尤如威尼斯水城的小橋、流水、人家。夕陽西下，我站在橋頭遙望，遠處稻田裏一片金黃；微風吹來一陣陣油菜花香；風車、水牛、牧童構成一幅田園圖畫。近處，幾個兒童站在黑頭髮和黃頭髮③的大人身旁，有的在舔着手中白色如球的棉花糖，有的在欣賞白鬍子老頭兒捏的小糖人兒，還有的正吃着我最愛吃的桂花芋頭糖水和豆腐花兒。饞得我想走過去買一碗嚐嚐。我的腳像灌了鉛一樣不聽我的話，急得我探身向前，一下子摔下了床。原來我是在夢中回到了童年生活過的故鄉。

我早就知道我的故鄉已經大變樣，在電視裏我看到過介紹昆山市的專輯，現在昆山有很多台商新建的現代化廠房，還有像石林一樣的高樓大廈，就像全國許多城市一個模樣。

我知道故鄉的人民生活有了改善，可我還是留戀④那小橋、流水、古色古香的水上人家，懷念⑤我童年時生活過的"天堂"。

詞語註釋：

①**蘇杭**：江蘇省蘇州市、浙江省杭州市的簡稱。

②**神差鬼使**：同"鬼使神差"。好像鬼神暗中差使一樣，形容不

由自主做出某種意想不到的事。

③**黑頭髮和黃頭髮**：此文中指中國人和外國人。

④**留戀**：不忍捨棄或離開。

⑤**懷念**：思念。

評述與指導：

　　嚮往的地方，可以是故鄉也可以是個旅遊景點；可以是你親身到過的也可以是間接"耳聞目睹"的；可以是繁華的也可以是幽靜的，因人而異。但是在描述過程中一定有感情，純客觀地、冷面地介紹一個地方，大概不能說"嚮往"。

　　例文描述了中國最美的"天堂" ——屬於蘇州、杭州一帶的美景區之一的昆山，就是故鄉不在蘇杭的人，也有很多人嚮往，這當然主要是因為它的得天獨厚的景色。

　　對一個地方的嚮往，美景是一個因素，但不是唯一的，還有人或物，對人的嚮往，如親友、偉人，應該比對景的情感更深一層，俗話説"地因人而美"。

例文八

三十號 話題

購物（消費）的感受

香港，這顆東方之珠，是世界聞名的大都市，國際金融、貿易中心，又是美食天堂和購物天堂。

在香港這個購物天堂裏，有世界各地各種各樣的貨品，這些貨品品種之多，質量之高，價格之廉，是很多國家和地區望塵莫及①的。很多來香港旅遊的人，或因公出差來港的人，都會在香港買很多東西，滿載而歸。

跟旅遊團來港的旅客，一般都是集體去中環、銅鑼灣、尖沙咀或旺角的一些高檔商店裏購物，去這些地方買東西，一定是物美價高；錢，一半兒是買了物價，一半兒是買了身價②。

我來香港十多年了，買東西已經買出點兒經驗教訓了。在香港買電器，千萬別圖便宜去小的電器商店，不然可能會上當。剛來港時，我去一家小電器舖買彩電，想買舖子門口那台日立牌的，等交錢開了發票，售貨員才告訴我，那台日立牌電視機，一定要和旁邊的音響設備一起買，否則，電視機不能用。錢不能退，我只好重新要了一台不出名的彩電，用了不到兩年就壞了。在香港雖然可以去"消費者委員會③"投訴，但是要花時間和精力，也就只好自認倒霉了。後來才知道，買電器要去百老匯，豐澤或泰林，這幾家大電器行價錢公道，講信用，不會上當。

在香港買衣服也要當心，同樣的衣服，不同商店，價格相差十分懸殊，一定要多看幾家商店。買衣服最好去旺角的女人街，或長沙灣時裝批發廣場等處，這些地方可以買到價廉物美的各式服裝。

在香港這個購物天堂裏，買東西能嚐到購物的樂趣，也免不了會嚐到苦頭。千萬別忘了，香港是資本主義社會，所謂"競爭"，包括對顧客"不犯法"的"坑蒙拐騙"。買東西時千萬小心別上當啊！

詞語註釋：

①**望塵莫及**：只望見走在前面的人帶起的塵土而趕不上。比喻遠遠落後。

②**買了身價**：指錢花在徒有虛名的顯示身份高貴上。

③**消費者委員會**：為保障買東西的人的利益而設的機構。

評述與指導：

　　買東西，在生活中是小事也是大事。小者，買了就用，無需考慮；大者，買的東西在情感上影響很深，或好或壞，或愛或恨，或喜或憂，久久難忘。在商業社會市場競爭激烈，買東西的確是門"學問"，要懂行，要挑選有信譽的賣家、適合自己要求的貨物，要熟悉行情。以物美價廉為上，物有所值也不吃虧，價高貨次甚至捱了宰，那才倒霉呢。許多人講"購物樂"，對消費者來說，不能盲目樂觀，隨便"扔"錢，不值得讚揚。

　　這樣看來，"購物的感受"，正面的經驗，反面的教訓，誰沒有幾件事可說的呢？

　　例文重點講了一件"受騙上當"、又不值得投訴的事，是新移民的寶貴教訓，這樣的商人各地都有。

　　購物是買東西，有大有小；消費就是吃飯、住店，檔次不同。只要你生活在這個社會裏，就必然有"購物""消費"的活動，由此而來的、程度不同的"苦辣酸甜"的感受，只要好好想一想，一定不少。

第三部份　議論範圍話題

總述：議論就是對看法、觀點論證。議論和夾敘夾議最大的不同在於：議論是以看法、觀點為綱，這看法、觀點必須明確。一個話題中可以有一個總論點，下設幾個分論點；也可以只有一個論點；也可以提出幾個並列的論點。

除了觀點以外，議論還必須有論據。

論據，是證明或論證看法、觀點的理由。一般可以分為事實論據和理論論據兩大類。事實論據有：事件，人物的活動和話語，數目字；理論論據有：經典著作或其原話，公認的科學定理、定律，科學的法則，名人的言論、格言，民間的諺語等。要注意事實的真實性和代表性；要注意理論的相對性。論據要能充分地證明論點的正確。所謂"言之成理"，指的就是提出的論據能使人信服論點的正確。

從說話的角度講，以事實做論據，是較為容易而且有力的。因為在短短的三分鐘內，一般情況下不可能論述甚麼深刻的理論，往往是生活、工作、學習中常遇到的問題（看法、觀點），如果提出深一點的問題（看法、觀點），在大量的事實中也不難找出"論據"，如果找名人言論、格言，對一般人來說，難度就大一些。真理之樹是常青的，就因為它根植於肥沃的生活土壤之中。

例文一

十號話題

談談衛生與健康

健康是每個人都想有的財富①，沒有健康的身體，很難有事業的成功，也會失去很多人生的樂趣。沒有健康的身體，你就是再有錢，也不能很好地享用。怎樣才能有一個健康的身體呢？

一、要注意飲食衛生。

不少人很注意食物對健康的功能，很多家庭都有食物營養和烹飪②技術方面的書；許多餐廳設計了幾十種菜譜供顧客或學校的學生選用；但卻忽視食物的衛生。怎樣才能做好食物的衛生呢？

飯前飯後的衛生很重要。比如蔬菜要浸泡一定的時間，還要好好兒地清洗，不然，菜上的農藥洗不乾淨；另外，放在冰箱裏的熟食，一定要用保鮮紙封好，生的、熟的食物要分開放，否則會食物中毒。在電視裏、報紙上不是經常報道，有的老人院的老人或學校的學生，集體食物中毒的事件？這就是沒有對食物的衛生給予高度重視的結果。

街邊經常有一些無牌小販，賣一些不符合衛生要求的食物，吃了很容易生病，最好不要去買。

二、要注意環境衛生。

有的餐廳或者酒樓，在飯、菜或湯裏，會發現蟑螂、蒼蠅，其環境衛生狀況可想而知了。

有的住所或辦公大樓裏，有多年失修的污水管，有一堆堆不能及時清理的垃圾，有吸滿塵土的空調機，在這樣的環境下生活，怎麼能不影響健康呢？輕則會呼吸道感染，重則會有淘大花園"沙士"病災的再次降臨。所以一定要清潔好、保護好周圍的環境。

三、要養成良好的個人衛生習慣。

要勤洗頭、洗澡、洗衣服，飯前飯後要洗手等等。良好的個人習慣，對身體健康非常重要。

現代化的、人口稠密的城市裏，空氣污染嚴重；食物、個人、環境衛生，各方面都必須注意，只有這樣，我們才能生

huó de ān quán　jiàn kāng　xìng fú

活　得　安　全　、　健　康　、　幸　福　。

詞語註釋：

①**財富**：具有價值的東西。例：物質財富；精神財富。

②**烹飪**：指煮、炒、蒸等做飯做菜的方法。

評述與指導：

　　衛生，分表層的、深層的。表層的是指個人和環境的清潔；深層的是指食物和用品內部有沒有影響人們健康的細菌，有助消化的飲食習慣；再深一層就是適合不同體質需要的營養問題了，"營養衛生"連在一起說，就是這個意思。

　　環境污染，應該是最大的衛生問題。現在特別需要人們講究衛生，與這個問題關係極大。

　　作以上思考，有助於把這個話題說得明白、清楚、有深度。

　　例文從三個方面，簡單明瞭地論述了這個問題。"飲食"、"環境"、"個人"，並且用"一、二、三"的順序號碼標明，一目了然。開頭有總論，結尾有昇華，全文是一個有機的整體。

120　國家語委普通話水平測試
　　三十話題例文與指導

例文二

Shí sān hào huà tí
十三 號 話題

Xué xí pǔ tōng huà de tǐ huì
學習普通話的體會

Pǔ tōng huà yì cí　　gù míng sī yì　　　jiù shì pǔ biàn tōng
普通話一詞，顧名思義①，就是普遍通

yòng de huà　　xué hǎo pǔ tōng huà　　zǒu biàn Zhōng guó dōu bú pà
用的話，學好普通話，走遍中國都不怕。

Zhōng guó gè dì dōu yòng pǔ tōng huà zuò wéi gōu tōng de yǔ
中國各地都用普通話作為溝通的語

yán　Xiāng gǎng　Ào mén rén　　zài huí guī zǔ guó yǐ hòu　　yě
言。香港、澳門人，在回歸祖國以後，也

zài fèn qǐ zhí zhuī　　nǔ lì xué hǎo pǔ tōng huà
在奮起直追，努力學好普通話。

Yào xiǎng xué hǎo pǔ tōng huà　　yī shì yīng gāi xué xí
要想學好普通話，一是應該學習、

zhǎng wò hàn yǔ pīn yīn　　Lìng wài　　duō tīng　duō dú　duō
掌握漢語拼音②。另外，多聽、多讀、多

shuō　dōu fēi cháng zhòng yào
說，都非常重要。

Yī　　Hàn yǔ pīn yīn shì xué xí pǔ tōng huà de zuì hǎo gōng
一，漢語拼音是學習普通話的最好工

jù
具。

Hàn yǔ pīn yīn yǒu lèi sì Yīng yǔ yīn biāo de zuò yòng　　kě
漢語拼音有類似英語音標的作用，可

以 幫 助 你 讀 準 漢 字 的 發 音 ，學 到 一 定 程度 後 ，還 能 幫 你 自 學 普 通 話 。

香 港 很 多 人 愛 學 普 通 話 ，可 不 愛 學 漢語 拼 音 ，不 少 人 覺 得 漢 語 拼 音 很 難 記 ，不容 易 拼 讀 。其 實 你 只 要 掌 握 了 聲 調 ，熟 悉了 聲 、韻 母 ，弄 懂 了 拼 音 方 法 ，在 難 點上 多 下 功 夫 ，漢 語 拼 音 一 點 兒 也 不 難 。

漢 語 拼 音 的 結 構 非 常 簡 單 ，大 部 份 漢字 都 是 由 聲 母 、韻 母 、聲 調 三 個 部 份 組成 的 。根 據 教 學 經 驗 可 知 ，聲 調 是 最 難的 ，但 是 如 果 用 數 調 法 ，就 容 易 把 聲 調找 準 了 。聲 母 中 較 難 掌 握 的 是 平 舌 音 、舌 面 音 、翹 舌 音 的 區 分 ；韻 母 中 是 前 後 鼻韻 母 的 區 分 ；學 習 時 可 以 借 用 口 腔 部 位 發音 圖 ，來 掌 握 好 發 音 部 位 ，主 要 是 舌 頭 的

wèi zhì
位置。

Èr　Yào xiǎng xué hǎo pǔ tōng huà　zuì zhòng yào de dāng
二，要想學好普通話，最重要的當
rán shì duō tīng　duō liàn　duō shuō　Kě yǐ tīng pǔ tōng huà wén
然是多聽，多練，多說：可以聽普通話文
zhāng de lù yīn　tīng pǔ tōng huà de gē qǔ　diàn shì zhōng pǔ tōng
章的錄音，聽普通話的歌曲，電視中普通
huà de xīn wén　diàn shì jù děng jié mù　Kě yǐ zuò yì xiē pīn
話的新聞、電視劇等節目。可以做一些拼
yīn kǎ piàn suí shēn dài zhe dú　Duō cān jiā yì xiē běn gǎng　tuī
音卡片隨身帶着讀。多參加一些本港"推
pǔ　tuán tǐ gǎo de pǔ tōng huà huó dòng　Rú guǒ yǒu tiáo jiàn de
普"團體搞的普通話活動。如果有條件的
huà　yīng gāi duō gēn shuō pǔ tōng huà de qīn yǒu yòng pǔ tōng huà jiāo
話，應該多跟說普通話的親友用普通話交
tán　huò zhě qù dà lù lǚ yóu
談，或者去大陸旅遊。

xué xí pǔ tōng huà bìng bú shì hěn nán de　qǐ mǎ wǒ men
學習普通話並不是很難的，起碼我們
dōu shì Zhōng guó rén　yǒu gòng tóng de wén zì　gòng tóng de wén
都是中國人，有共同的文字，共同的文
huà　zhǐ yào duō gěi xiē shí jiān yòng xīn xué　yí dìng kě yǐ
化，只要多給些時間用心學，一定可以
xué hǎo pǔ tōng huà de
學好普通話的。

詞語註釋：

①**顧名思義**：看到名稱，就聯想到它的意義。

②**漢語拼音**：用字母規範化地拼寫、拼讀漢語。

評述與指導：

　　學習普通話，溝通是目的，這是任何語言的第一功能。根據個人的不同情況，體會不同。可以歸納為三大類。

　　一是難，主要難在拼音，其次是對口語詞的理解。但是，為甚麼，怎麼解決？（根據自己的情況用甚麼有效的方法解決）這才是要説的主要內容。

　　二是有進步，甚至有了興趣。但是，有了甚麼進步，用甚麼方法取得的進步，這才是要説的主要內容。

　　三是有進步但也存在問題，這是比較常見的情況。分析的方法和上面兩項一樣。

　　在一定情況下，談體會，就是對前一個階段的學習、工作、生活做個總結，香港叫"檢討"。

　　例文提出兩個問題，一個是拼音，一個是多聽、多練、多講，做了簡單的解釋，是教學經驗，有一定的指導性。

例文三

<ruby>十<rt>Shí</rt></ruby><ruby>四<rt>sì</rt></ruby><ruby>號<rt>hào</rt></ruby> <ruby>話<rt>huà</rt></ruby><ruby>題<rt>tí</rt></ruby>

<ruby>談<rt>Tán</rt></ruby><ruby>談<rt>tan</rt></ruby><ruby>服<rt>fú</rt></ruby><ruby>飾<rt>shì</rt></ruby>

——<ruby>談<rt>Tán</rt></ruby><ruby>談<rt>tan</rt></ruby><ruby>中<rt>Zhōng</rt></ruby><ruby>國<rt>guó</rt></ruby><ruby>民<rt>mín</rt></ruby><ruby>族<rt>zú</rt></ruby><ruby>服<rt>fú</rt></ruby><ruby>裝<rt>zhuāng</rt></ruby>

服飾，是每個人都需要的包裝①。早在原始社會，人類就知道用樹葉、獸皮遮身，用動物的骨頭、貝殼做項鏈等裝飾品。

服飾，可以展示出不同歷史時期、不同國家、不同民族的文化、生活習俗，以及科技、工藝等方面的發展狀況。

中華民族是個歷史文化悠久的民族，中國是個地域廣闊，多民族的國家。很多民族不但有他們自己的語言文字，更有他們自己奇特的民族服飾。

在眾多的民族服飾中，我最喜歡的有，新疆維吾爾族的服飾：男女服裝的衣襟②、背心兒和帽子上都繡有美麗的圖案，女孩子和結了婚的婦女，都愛穿色調和諧的長裙、繡花背心兒。維吾爾族能歌善舞，他們的服飾和歌舞一樣都美得動人，把人們帶到了歡樂、幸福中。

北方蒙古族的服飾：男士寬鬆的衣褲、皮靴，女士前身可合可開便於騎馬的長裙，都給人以奔放健美的感覺，這跟他們的祖先長期生活在大草原上，騎馬狩獵的生活習俗是分不開的。

生活在南疆西雙版納的傣族服飾：婦女們都喜歡穿短小、緊身、鑲有花邊兒的白色上衣，和繫有銀色腰帶的各色筒裙③，筒裙便於婦女在江中洗澡、游泳時脫下和穿上。傣族婦女經常穿着自己民族的服裝，信步在高大的棕櫚樹下或清澈的瀾滄江畔，那婀娜多姿的身影，在大自然的襯托下，真是一幅幅美麗的活動圖畫。

漢民族最有特色的服裝是旗袍，身材苗條的女士穿上它，不但能顯出曲線美，更能體現出東方女性的文雅、端莊。

現代科技的發展，也用到服裝上來了，用電腦機器刺繡，繡出來的花樣兒又多又好看；但是，我仍然還很喜歡那些絢麗多彩的民族手工刺繡。我最欣賞我國各民族那些富有不同特色的服飾。

詞語註釋：

①**包裝**：此詞本來用在商品上，商品需要用盒子、瓶子、箱子等量器或紙等包裝起來。在本文中形容人需用衣服裝飾自己。

②**衣襟**：上衣、袍子前面的部份。

③**筒裙**：像 "筒" 一樣的裙子，上部和下部肥瘦略同，沒有褶子。傣族婦女穿的都是長到腳面，前面沒有縫死，裹成兩層，用腰帶繫住的長筒裙。

評述與指導：

　　這個話題範圍很大，服飾，一般包括服裝和裝飾品兩個方面，其款式、品種、顏色，數不勝數，如果只列舉這些，沒有甚麼意思；可以從一兩種服飾的特點入手；也可以從服飾的 "裝飾" 作用入手。另外，"服飾" 也可以理解為服裝的裝飾作用。無論從哪個角度談 "服飾"，都必須舉例分析説明。

　　本 "文" 的開頭就提出 "服飾" 的 "包裝" 作用，把大範圍收窄。第二段是全文的總論點，總括出服飾的三大作用。後面就以中國的民族服飾為 "論據"，證明服飾可以反映一個民族的文化特點和生活習俗，這個 "論據" 又是後面中國四個民族服飾特點的 "論點"。四個民族服飾以維吾爾族、蒙族、傣族、漢族為例。最後一段點到了科技在服飾上的作用。

　　本文有不少描寫，一方面，這些描寫也是建立在 "事實" 的基礎上，沒有實際材料是描寫不出來的；另一方面，掌握一些常見的形容詞，可以使描寫生動，如果詞彙貧乏，一味的 "美麗" "美麗"，大概也就不美了。

這個話題的核心問題，是如何通過一種或幾種具體的民族服飾，來談服飾的作用或種類，其中重點是作用。這就要看平時你對服飾的瞭解程度了，尤其對不少不太講究衣着的男性，這個題目難度不小。

例文四

Shí qī hào huà tí
十七號 話題

Tán tan kē jì fā zhǎn yǔ shè huì shēng huó
談談科技發展與社會生活

Zài èr shí shì jì gāo kē jì xiàn dài huà de shè huì zhōng
在二十世紀高科技①、現代化的社會中

shēng huó yīng gāi shì hěn xìng fú de yīn wèi huáng dì dōu
生活，應該是很幸福的，因為皇帝都

xiǎng shòu bú dào de shēng huó xiàn dài rén dōu néng xiǎng shòu
享受不到的生活，現代人都能享受

dào Dàn réng shì yǒu rén xǐ huan yǒu rén chóu qí zhǔ yào yuán
到。但仍是有人喜歡有人愁，其主要原

yīn kě yǐ cóng liǎng gè fāng miàn kàn
因可以從兩個方面看。

Yī gāo kē jì de fā zhǎn gěi rén lèi dài lái le shuō bu
一、高科技的發展，給人類帶來了説不

jìn de hǎo chu
盡的好處。

Gāo kē jì xiàn dài huà de fā zhǎn shǐ rén men yǒu le
高科技、現代化的發展，使人們有了

xiàn dài huà de jiāo tōng gōng jù huǒ chē fēi jī huǒ
現代化的交通工具——火車、飛機、火

jiàn tā men néng rì xíng qiān lǐ wàn lǐ yǒu le xiàn dài huà
箭，它們能日行千里、萬里；有了現代化

de jiāo tōng gōng jù rén men jiù xiàng zhǎng le chì bǎng kě yǐ
的交通工具，人們就像長了翅膀，可以

國家語委普通話水平測試
三十話題例文與指導

飛到想去的任何地方。電燈的發明，它能驅散黑暗中帶來的恐懼和不便，把夜晚照得像白天一樣光明。電視機的誕生，更豐富了人們的文化生活，從電視新聞中可以知道世界大事；從電視中可以看到各地、各國的風景、風俗人情；可以欣賞到戲劇、歌舞等文藝節目。手提電話的使用，使人們隨時隨地可聯絡對方，方便了工作，加強了人與人之間的溝通。電算機②的發明，用電腦幫助了人腦，在互聯網③上還可以看報、購物等等。總之，高科技的發展給人類帶來的好處，是說不盡、取不完的。

二、高科技的發展也有它給人類帶來不利的一面：比如，很多工廠因為用了現代化高效率的機器，節省了不少勞動力，使一些人被精簡下崗，失去了工作，丟掉了飯碗。二八六、三八六到五八六電腦硬件的更新換代，使很多家庭用幾千甚至上萬元買來的電腦，很快變成了廢銅爛鐵，既浪費了金錢，又影響了環保。當然，還有其他一些不利於人類生活的事例。

高科技的迅速發展，促使人們必須要加強學習，不斷自我增值，只有迅速掌握新出現的高科技，才能跟上時代步伐，不至於被社會淘汰④。人類只有掌握好高科技，才能使它更多、更好地造福人類。

詞語註釋：

①**高科技**：指當代具有高難度的最新科學技術。

②**電算機**：電子計算機。

③**互聯網**：指由若干個電子計算機網絡相互連接而成的網絡。

④**淘汰**：去壞的，留好的；去掉不適合的，留下適合的。

評述與指導：

　　科技發展，生產力發展，促進了社會的發展，這是古今中外的科技史早已證明的。這麼大的面從何談起？最簡單的辦法，用自己身邊的高科技產品，談談它對你的生活、工作、學習，帶來甚麼方便，如果你沒甚麼"方便"的感覺，你可以設想一下，如果沒有它，會怎麼樣？另外，在"方便"之餘，有沒有負作用，比如，老用電腦，手寫不好甚至不會寫字了，一計算就用計算機，再用腦算就不靈了，等等。也可以說說一兩種科技產品對一個地區、一個國家的影響。

　　這個話題範圍有很多具體事例，結合生活、工作、學習說說利與弊，利、弊，可以有所側重。如果再能結合"環保"談談，小至保護身邊環境，大至保護地球、人類，這就有深度了。

　　例文指出科技的發展對社會正、負兩方面的影響。你看是否有所啟發？

例文五

Èr shí sì hào huà tí
二十四號 話題

Tán tan shè huì gōng dé　　huò zhí yè dào dé
談談社會公德（或職業道德）

Tán tan zhí yè dào dé
——談談職業道德

Shè huì shang yǒu gè zhǒng bù tóng de zhí yè　　měi ge rén dōu
社會上有各種不同的職業，每個人都

zài yí dìng de zhí yè shang lái wèi shè huì gōng zuò　　shè huì shang
在一定的職業上來為社會工作，社會上

de gè háng gè yè yě dōu zài wèi suǒ yǒu de rén fú wù
的各行各業也都在為所有的人服務。

Zài rèn hé shí dài　　rèn hé dì fang　　néng wèi shè huì zuò chū
在任何時代、任何地方，能為社會作出

zuì dà xī shēng de rén　　jiù shì zuì yǒu dào dé de rén　　Xiāng
最大犧牲的人，就是最有道德的人。相

fǎn　　jiǎ gōng jì sī　　sǔn rén lì jǐ de rén　　jiù shì quē fá zhí
反，假公濟私，損人利己的人，就是缺乏職

yè dào dé de rén
業道德的人。

Yǒu de rén quē fá zhí yè dào dé　　qí zhǔ yào yuán yī yǒu
有的人缺乏職業道德，其主要原因有

sān gè fāng miàn
三個方面：

Yī shì wèi　　sī　　sàng shī zhí yè dào dé
一是為"私"喪失職業道德。

為"私"而失職的，在大陸有，在香港也有。在香港，有一年升學考試的時候，有一個掌管放試卷櫃子鑰匙的教育署幹部①，偷看試題告訴了自己的兒子，結果自己受了處分，還害了孩子。

前財政司司長梁錦松，因為近水樓台先得月，得知要漲購車稅，在沒漲之前，買了一輛新轎車而引起公憤，因"私"失職。

二是為"貪"喪失職業道德。

大陸名演員劉曉慶，香港知名人士白韻琴，都是人所共知的闊主兒②，可都因為偷稅漏稅而判刑坐過監獄。

香港房屋署幾次發現的"短樁事件"，也都是因為有人貪贓受賄而造成了嚴重損失。

三是為"情"而喪失職業道德。

假如你的上司或親戚，想求你利用你的工作之便，照顧他們的子女走後門兒入學，或者是優先解決住房問題，你怎麼辦？如果你為"情"而照顧了他們，那麼你就喪失了職業道德。

一個有道德的人，是心裏一感到誘惑就對誘惑進行反抗，而決不屈服它的人。要知道，道德比人情世故更難獲得。

沒有個人道德，就沒有職業道德。一個人沒有道德，就失去了生存的價值；一個人沒有職業道德，社會就要遭殃。

我們每個人都要嚴守職業道德，去掉一切私心雜念，不為財富誘惑，公正、

chéng shí de wèi tā rén　　wèi shè huì fú wù　　Zhǐ yǒu zhè yàng
誠 實 地 為 他 人 、 為 社 會 服 務 。 只 有 這 樣
shè huì cái néng jìn bù　　rén men de shēng huó cái néng xìng fú
社 會 才 能 進 步 , 人 們 的 生 活 才 能 幸 福 、
měi hǎo
美 好 。

詞語註釋：

①**幹部**：中國國家機關、軍隊、人民團體中的公職人員（士兵、
　　勤雜人員除外）。
②**闊主兒**：有錢的人。

評述與指導：

　　這個話題的範圍也不小。在公共場合做損人利己，或者是損人不利己的事，都是沒有社會公德的表現，比如，亂扔垃圾，隨地吐痰，在公共場合大聲喧嘩等等；為一己之利，一己之情，不按章辦事，使國家、大眾受到損失，或損公肥私或損公不肥私，都是失職，嚴重的就是瀆職，比如貪污，看守自盜，偷工減料，走後門兒等等。

　　一個人沒有道德，不會有公德，沒有公德的人，往往就沒有職業道德，所以中國古人講"以德為本"、"以德服人"、"以德治國"，正所謂"修身，齊家，治國，平天下"，用現在話來說，叫"從我做起"。這是談論"公德"和"職業道德"的根本。

　　本話題可以只談"社會公德"，也可以只談"職業道德"；也可以談兩者的關係。可以從一件事談起，一件事說明幾個問

題；也可以用幾件事說明一個問題；也可以幾件事分別證明幾個問題。但是，必須圍繞"德"來說。

本篇只談"職業道德"，從"私"、"貪"、"情"（私情）三個角度談，並舉例證明。並且用"一是"、"二是"、"三是"的順序標示，條理清楚、層次分明。

例文六

談談個人修養

談修養的面很廣，一個人的修養反映在他(她)的思想品德和文化素質等方面；和他(她)的個性、人格又都是分不開的。

所謂個性，就是在一定的社會條件和教育影響下，人所形成的特性。表現在性格、氣質、天資、性情等方面。

人格，是人的性格、氣質、能力等特徵的總合。一個有道德的人，就是人格高尚的人，也是有修養的人。

道德，是人們生活和言行的共同準

則和規範。貪贓枉法①，假公濟私、損人利己的人，是沒有道德的人，這類人更談不上修養了。

修養又可以分為文化方面的修養和人際關係②等方面的修養。

一、文化修養。

所謂"知書達理"或"知書識禮"，也就是讀書多了，能懂得很多道理，就可以成為有知識，懂禮貌，有文化教養的人，也就是有文化修養的人。一個人只要耐心進行文化方面的修養，多看書，多想，凡事三思而後行，就絕對不至於蠻橫③得不可教化，也就可以成為一個有修養的人。

二，人際關係方面的修養。

人無完人，意思是每個人都不可能是

十全十美的，都有優點和缺點，如果你不嫉妒別人的長處，也不笑話別人的短處，你能虛心向別人學習，取長補短，你就可以彌補你的缺點，成為一個高尚的、有修養的人，對社會有貢獻的人。

一個人生活在社會上，要關心他人，只有互相幫助，互相學習，互敬互愛，才能生活得溫暖、幸福。

看一個人有沒有修養，不能光看外表，主要要看他的言行。有的人外表冠冕堂皇④，做出的事可能連禽獸都不如，既失去道德，就無修養可言。

個人的修養，不全是為了別人，自己修養高了，也就增強了生活能力。每個人將依不同的修養，而為自己的行為感到後悔或自豪。

詞語註釋：

①**貪贓枉法**：指官吏接受賄賂；執法的人歪曲和破壞法律。

②**人際關係**：指人與人之間的關係。

③**蠻橫**：態度粗暴而不講理。

④**冠冕堂皇**：形容表面上莊嚴或正當，不存私心的樣子。

評述與指導：

　　修養，是通過人的外在表現反映他內在的思想品德和文化素質。其中思想品德是最重要的。思想品德和文化素質一般來説是相輔相成的，成正比的；但不是所有的人都如此，有的相剋相反，成反比，文化素質很高，思想品德極低；也有不少人文化水平不高，甚至是文盲，但是，很真誠、很樸實，正所謂"返璞歸真"。造成這種種現象的主要原因來自社會，其次是親友的影響。

　　這個話題，可以以議論為主，像上面的例文，開頭概述了修養的幾個方面，然後提出兩個問題加以簡單的説明、分析，最後指出通過一個人的言行看他的修養，修養對一個人的作用。

　　這個話題也可以夾敘夾議，提出幾件事，分別表態，或做簡單分析。